《认真说再见——安宁病房生命故事集》编写人员名单

主　　编　池　捷　顾雯烨　马周理

编　　委　茅燕芬　吴　冰　缪沈琴　王　丹

文字统筹　胡雪玮　顾　筝

认真说再见

安宁病房生命故事集

上海市长宁区卫生健康工作委员会
上海市长宁区程家桥街道社区卫生服务中心 编著

上海三联书店

序

  随着上海人口老龄化的加速以及恶性肿瘤病人人数的累积,社会对安宁疗护服务的需求越来越大。2012年到2014年,上海市政府将安宁疗护列作市政府实事项目加以推进。在政府的要求和推动下,本市建立起了以社区卫生服务中心为主体的安宁疗护服务运作机制。2014年,安宁疗护服务荣获"上海市社会建设十大创新项目"之首,代表了来自政府和市民的高度认可。上海在安宁疗护服务方面的探索上,走在了全国的前沿。

  作为国家安宁疗护试点省份,上海于2019年8月1日发布安宁疗护试点实施方案。方案明确,将从部分社区卫生服务中心试点,全面拓展到全市各级医疗机构、护理院、医养结合机构。2020年,安宁疗护服务将纳入上海社区健康服务清单基本项目,全市所有社区卫生服务中心均将开展安宁疗护服务。

  长宁区程家桥街道社区卫生服务中心作为首批开设的18家舒缓疗护病房之一,开展安宁疗护工作已有7年。中心共设安宁疗护床位80张,其中舒缓疗护病区的36张床位收治癌症临终患者,安宁疗护病区的44张床位收治非癌症临终患者,在全国社区卫生服务中心里遥遥领先。

2014年,在长宁区卫计委的关心指导和中心党支部的支持下,程家桥街道社区卫生服务中心将医务社会工作理念和机制正式引入临终关怀,选派了骨干人员建立医务社工站。医务社工立足人文关怀,发挥专业优势,为晚期肿瘤患者以及其他临终患者驱散生理上的病痛和精神上的恐惧,为生命的最后一程送上慰藉与宁静,让患者生命最后一程走得安宁、平静而有尊严。

2014年底,中心获得上海市"关爱生命"先进集体;2016年10月,程家桥街道社区卫生服务中心荣获全国"关爱生命 奉献爱心"先进集体;2018年8月,中心安宁疗护(临终关怀)科被授予"长宁区医学名专科"。这些荣誉,是对他们这支团队的肯定与表彰,更是对医学人文的鼓励与褒扬。

从2012年8月开始收治晚期肿瘤患者起到2019年12月底,程家桥街道社区卫生服务中心安宁病房共送走了近900位临终患者。这些患者在生命的最后时刻,显著减少了躯体痛苦,尽可能平静地面对人生的终点,很多患者安详离世。他们中的很多亲人深深地体会到了安宁疗护的意义与价值,很多人从一开始的不了解、不认同,到后来成为了安宁疗护理念的拥护者、推广者。

社会的进步在于普通人生活品质的提高和生命尊严的提升。医生、护士、医务社工、志愿者在安宁疗护领域里的努力,为临终患者及其家属带来了上述方面实实在在的改善。本书选取

序

了上海市长宁区程家桥街道社区卫生服务中心舒缓疗护病房的一些侧面,希望通过病房里的故事,给晚期肿瘤患者、面对生命最后时刻的患者及其家属,带来些许安慰,一点启发;也希望以此呼唤全社会革新理念,共同行动,倡导和帮助更多生命带着爱与尊严谢幕。

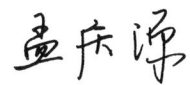

目　录

序 / 001

第一篇　安宁病房的生命故事

呵护生命的余晖 / 004

我的生命我做主 / 015

在告别会上，他说"我爱你们" / 026

第二篇　走近安宁病房

"我爱人会慢慢好起来吗？" / 038

生命列车上的同伴 / 043

你是重要的，因为你是你 / 047

当顶梁柱垮了 / 052

三进安宁病房 / 057

助人者他助 / 063

探索安宁病房 / 066

去世前一天,他实现了最后的心愿 / 069

找到可以倾诉的人 / 072

第三篇　该如何拯救你,我爱的人

无法满足的"最后愿望" / 080

解开心结,完成心愿 / 086

医务社工的"武器" / 091

时间没有剥夺人性之美 / 096

他到底痛吗 / 099

我们结婚50周年了 / 101

我没有别的要求,就愿他多来看看我 / 104

对深爱的人说"谢谢" / 108

又见长发飘飘的妈妈 / 113

第四篇　死亡是一道必答题,生活是它的选项

"老克勒"的《小城故事》 / 122

余生,让我的爱伴你前行 / 125

生命,以另一种方式延续 / 129

目 录

放下一切,轻松地走 / 134

让她的信仰支持她的生命 / 139

他用双手"跳"起了拉丁舞 / 142

第五篇　为临终患者提供帮助的人

聚焦"平凡" / 148

温暖别人的人,也终将被守护 / 151

抉择 / 156

医务社工应如何自我调适 / 160

没有人是一座孤岛 / 164

风骨,他们的标杆 / 168

我从黑暗中走来,要把光明带给世界 / 173

"获得感"是怎样被铸就的——家庭医生印象记 / 179

让她漂亮地走 / 184

第六篇　寂静开放的花

临终/安宁疗护的起源与理念 / 192

病人的权利清单 / 195

面对生命的终点,你最后悔的是什么? / 197

安宁疗护 生命最后的尊重——长宁区程家桥街道社区卫生服务中心品牌特色 / 202

安宁疗护的政策发展(2012—2019) / 209

生命中的闪光点,可以照亮前行的幽谷——叙事疗法下癌末晚期患者的个案介入 / 213

心,在这一刻宁静——对一例认知偏差患者的个案介入 / 221

第一篇
安宁病房的生命故事

第一章
中国税收的现状

■ 以尊严疗法理论为基础，引导临终患者探讨生命意义。

■ 志愿者教老人们做手指操。

第一个故事

呵护生命的余晖

> 我觉得舒缓疗护的理念值得大力推广,要让大家都知道。等到接近了生命的终点,不希望嘈杂和无休止的疼痛,我希望能住在这样的病房,平静地与家人、与这个世界告别。
>
> ——患者说

一

严先生没想到会和长宁区程家桥街道社区卫生服务中心的舒缓疗护病房有那么多牵连。

他在这里,送走了自己的母亲。

"我妈妈是2015年7月14日进来的,2016年1月8日逝世,非常安宁。"母亲去世大半年后,严先生回忆起她去世当天的情形,"那天晚上医院打电话给我,说妈妈不大好了,我过来,用毛巾给她洗把脸,喂她吃了两块小饼干,她说,'没事了,你回去吧',我说我坐一会儿,我就坐在那里,看她睡着了。看她一点点呼吸弱下去,渐渐地走了。"

这是母子俩最后的画面,没有恐惧,也没有遗憾,但最初入院时的情形完全不是这样。

2015年7月14日早上,当严先生第一次推开长宁区程家桥街道社区卫生服务中心的舒缓疗护病房大门的时候,他的心情是矛盾的。一面是跑遍了各大医院没有一家肯接收九十岁高龄癌症晚期的母亲,另一面是对精神和物质都有要求的母亲不愿意随便去一家小医院。万般无奈之下,严先生听姐姐说起,以前同事有亲属住过这家社区卫生服务中心的舒缓疗护病房,很不错。就在这天开车经过附近的时候,特意下车进来看一下。

"这里离我家很近,开车十分钟。我先上来'侦察'了一下,看到有两张床位空着,环境什么的也不错。关键是,无论病人和家属都看上去很安静,没有其他医院里面那种嘈杂和焦虑,我一下子觉得很放心。"

长宁区程家桥街道社区卫生服务中心坐落于延安路高架一侧,高架上车水马龙的嘈杂一点都没有影响到院区的安静。电梯在住院楼行至四楼,就是舒缓疗护病房,住着的都是晚期肿瘤病人。

根据当年的调查显示,上海每年肿瘤死亡3.6万人,70%癌症晚期病人需要居家宁养,给予止痛、心理安抚等"舒缓疗护"及临终关怀。根据这一社会需求,上海将"舒缓疗护"(临终关怀)列入政府实事项目,在每个区试点一家社区卫生服务中心,专设10张临终关怀病床。

长宁区程家桥街道社区卫生服务中心就是首批18家设立"舒缓疗护"的社区卫生服务中心之一。2012年,中心凭着30多年的老年医疗护理临床工作的经验,开展舒缓疗护服务。中心2012年设置了12张舒缓疗护床位,2013年增加至22张,2014年增加至36张,2014年底成立了舒缓疗护病区。拟从舒缓疗护学科建设的角度推动规范发展。

根据专业评估后,预期生存期在3个月以内的病人可以收治入院。舒缓疗护不再做无意义抢救或有创治疗,而是将医疗、护理和人文关怀结合起来,通过运用各种医疗护理手段最大限度地减轻患者心理和躯体的痛苦,给予家属情感和精神上的支持,提高临终病人的终末期生活质量,帮助他们在人生旅程的最后阶段安详而有尊严地离开人间。

严先生来"侦察"的时候,长宁区程家桥街道社区卫生服务中心已度过了一开始"摸着石头过河"的阶段,在舒缓疗护方面积累了丰富经验。他们组建了一支完整的服务团队,包括医生、护士、医务社工、志愿者、心理咨询师、营养师等,为病人减缓肉体和精神痛苦。

严先生用了"贵人相助"来形容他那天的偶然之举。一刻都没耽搁,他去找了负责人,舒缓病区的徐爱萍主任。徐主任听了他母亲的情况,让他把母亲的相关疾病资料全部带来做个评估,根据评估,预期生存期在3个月以内的病人,可以收治入院。当天晚上,严先生的母亲就住进了舒缓疗护病房。

二

但是他母亲一开始住得并不"安宁"。她姓马,原来是一位老师,个性很强,对自己的生活品质有很高的要求。住在这样一个"周围都是躺着不能动的人"的病房,让她觉得很不舒服。马老师那时候还能走能动,她力气很大地把东西直接扔在地上,坚决要求出院回家。

无奈之下,严先生找到了医务社工部的主任吴冰和社工缪沈琴。

2014年,在长宁区卫计委的关心和支持下,长宁区程家桥街道社区卫生服务中心在临床实践中发现,舒缓疗护病人的需求中,很大一部分是非医疗需求。因此,在中心领导构想组建舒缓疗护病区之前,将医务社会工作理念融入舒缓疗护病房,由此建立了医务社工站。

在中心党支部的直接领导和支持下,医务社工用真诚与专业,为晚期的肿瘤患者驱散恐惧与痛苦,为生命的最后一程送上慰藉与宁静,让患者的生命最后一程走得安宁、平静而有尊严。

作为专业的医务社工,吴冰不仅有副主任护师的职业证书,还有中级社工师的证书并接受了专业心理培训。缪沈琴曾在医疗卫生单位、医学院校从事行政管理近20余年,民政救助管理13年。两人均从2014年就开始从事舒缓疗护病房医务社工的工作。

对于马老师的脾气和情绪,吴冰和缪沈琴并不陌生,当肿瘤晚期患者真正进入舒缓病区时,大多会有这样一个情绪不稳的时期,他们需要度过自己的心理落差期。在这些看似不可理喻的脾气背后,其实是他们内心的不甘心和脆弱:我被家人放弃了吗?我真的快死了吗?

尽管每个人都知道,死亡总有一天会不可避免地来临,但是面对死亡的过程却会让病人和家属感到恐惧和无措。这时候,医务社工和志愿者团队就能为他们提供很多医护人员无法提供的非医疗技术性需求。

"这种需求有的时候很简单,简单到,只要你坐在他身边,握着他的手,哪怕什么都不说,他/她就会觉得很安心。但有的时候,也很复杂,有的家属反复叮嘱我们,生怕我们说错一句话;还有些患者或者家属有心理方面的问题,以及普遍遇到的各种政策性咨询,其实都很考验医务社工和志愿者的专业能力。"吴冰说。

在她们专业的心理疏导下,严先生的母亲很快适应了这里的生活。

"其实人老了,住在医院里,最希望的是有人看望和有人说话。"一开始的时候,严先生和他的姐姐坚持每天两次去看望,并且给母亲送饭。"她每天早晨起来,吃早饭,看会儿报纸,等着医务社工和志愿者去跟她说话,或者我们推她下去晒晒太阳,然后吃午饭,下午睡一会儿,让我们回家,晚上再来陪她吃晚饭,一天天就这么过。"

这里的病房是温馨的暖色,温度适宜,布置很简单,天晴的时候,阳光透过窗子直接照进来,把房间照得很明亮。病房里并没有医院里面常见的床旁监护仪,也没有大型的医疗器械,只有氧气管道。治疗手段,也是主要针对症状的。"我亲眼看到有的人痛得厉害了,医生给他打一针,或者贴点药膏,很快就好了。"严先生觉得,这很重要。癌痛是让肿瘤患者生活质量下降的重要原因。调查发现,50%以上的晚期肿瘤患者有中度或重度疼痛,其中约1/3的人痛得难以忍受。

在舒缓疗护病区有一块宣传园地,主题叫作"呵护生命的余晖"。这是对舒缓疗护工作的另一种表达,让更多即将离开的生命减少痛苦,享受最后的平静,留下生命最后的尊严。所以中心针对入院患者约有90%肿瘤晚期伴有不同程度的癌痛、常规止痛治疗效果不理想的情况,从2017年起尝试"无痛化病房"建设。

这里的病人不需要忌口,家里人时常烧一点病人喜欢吃的东西,一家人围在一起温馨地吃顿饭,也让人有温暖的感觉。

"妈妈在生命的最后半年,和我们一起从容地安排了一切。"

严先生的母亲后来成为了医生、护士、社工、志愿者、护工都很喜欢的"马老师",他们给她过生日,邀请她参加各种活动,包括微电影的演出等。一张她和志愿者的合影至今仍然是医院照片墙的第一张,照片里面,穿着红色毛衣的马老师笑得十分开心。"后来她快走的时候,经常要我推着她去照片墙,让我把那张照片拿下来,用手摸摸它,也是好的。"严先生说,母亲走得没有任何遗憾也没有任何痛苦,她的财产、物品都得到了妥善的处理,遗言和心愿也在身后一一得到了满足。

三

"妈妈去世的时候,姐姐没有能赶来,因为当时她身体已经很不好了。"严先生姐弟三个,他排第二,有一个姐姐和一个妹妹。当时是姐姐的一句话让他找到长宁区程家桥街道社区卫生服务中心舒缓疗护病房的。但是,当姐姐的肿瘤复发转移的时候,她自己却没有能够住进舒缓疗护病房。

"我外甥女很孝顺,用尽了办法,给姐姐做各种治疗,放疗、化疗都做了,后面光是白蛋白针就打了38针。"姐姐最后的一个月是在某三甲医院的急诊大厅度过的。外甥女不想失去妈妈,哪怕有一线希望,也要试试。所有的药物、护理……都不计代价用了最好的。

"有一天,我妹妹告诉我,姐姐要跟我谈谈。"严先生来到姐姐所在的医院,看到姐姐正在输液,全身浮肿,从皮肤中还渗出来液体。支开了外甥女以后,姐姐跟他谈的第一件事,就是她想去"妈妈最后待的地方"。

"我不想那么痛下去,也不希望家人赶来赶去照顾我,太辛苦了。"姐姐的诉求很简单,但是这却让严先生感到很为难。为了尊重姐姐的意愿,他还是先到长宁区程家桥街道社区卫生服务中心来咨询了情况。舒缓疗护病房的医生告诉他,他母亲当时用过的那张病床,可以留给他姐姐。

得到肯定答复以后,严先生开口和外甥女谈了这件事。外甥女也知道妈妈想去舒缓疗护病房,却迟迟下不了这个决心。她认为,到了舒缓疗护病房,就如同让妈妈等死。身为女儿,她觉得这样是大逆不道的。甚至连某三甲医院急诊科医生都明示暗示地说,"治疗的药物已经不用了,现在的治疗大多数是营养液"的时候,她仍然坚持不同意签"放弃治疗"的字。

这是很多晚期肿瘤患者家属都放不下的"执念"。对于"放弃积极治疗",他们觉得就是让亲人"等死",是自己没有尽到孝道的表现。

"后来姐姐只是痛,我专门请这里的医生写了他们常用的缓解病人疼痛的药方拿给大医院的医生看,那里的医生说,这些药都有,但是得等到患者家属同意放弃积极治疗,转入姑息治疗才能用。"

最后严先生的姐姐是在疼痛中离开的,嘈杂的三甲医院急诊科,从未有安宁的一刻。"其实她到那家医院以后,病情发展很快,到后期已经不能说话了,手也肿了也不能写字,直到最后也没留下什么遗言。"严先生很能体谅外甥女的心情,但是对比妈妈和姐姐离世前的情形,他仍然为姐姐感到遗憾。如果生命的长度不能改变,本来她有机会走得更从容和安详。

"我觉得舒缓疗护的理念值得大力推广,要让大家都知道。等到了接近生命的终点,不希望嘈杂和无休止的疼痛,我希望能住在这样的病房,平静地与家人、与这个世界告别。"在母亲去世半年后,严先生认真地说。这是他经历了生命的思考之后,对舒缓疗护理念发自内心的认可。

四

2018年,在接连送走两位至亲之后,严先生本人也被病魔击倒了。

之前他一直有排尿不畅的问题,以为这是中老年男性常见的前列腺问题,再加上一直忙于家庭琐事,所以并没有重视。但是一年前,他开始感到腰痛、浑身酸痛,去医院检查后发现PSA增高(前列腺特异抗原的简称,PSA具有组织特异性,只存在于人前列腺腺泡及导管上皮细胞胞浆中,不表达于其他细胞。但它并无肿瘤特异性,前列腺炎、良性前列腺增生和前列腺癌均可导致总PSA水平升高)。

为了确诊病因,严先生做了前列腺穿刺,明确诊断为前列腺癌,而骨扫描又提示全身多处骨转移,无法手术治疗。根据医生的建议,严先生接受三个月一次的内分泌治疗。

或许是生性豁达,即使生重病,严先生也不愿放弃享受生活的机会。在治疗间隙,他去国外、国内旅游了多次,有时拎起包,和爱人就来一场说走就走的江浙农家乐之旅。

只是癌细胞在他体内肆虐,他常常感到全身酸痛,尤以颈项部、右肩背部为重,严重影响了睡眠。

由于在母亲住院时深入地了解过舒缓疗护的理念,所以在严先生深受癌痛折磨时,他想到可以来舒缓疗护病房缓解自己的疼痛。

2018年5月11日,当他住进长宁区程家桥街道社区卫生服务中心舒缓疗护病房时,他希望用药缓解一下疼痛,等调理好再回家里休养。

在母亲入院时,严先生和长宁区程家桥街道社区卫生服务的医生和医务社工们有过很多沟通和交流,彼此早已是相熟的老朋友,所以住进病房后,面对吴冰和缪沈琴,他坦诚地说出自己的脆弱:"我多想活着,因为只有活着,才有机会做该做的事,才能享受生活,才能享受人生。但看来上天给我的时间不多了。"

医务社工对他很了解,知道他喜欢欣赏音乐,也爱文学,所以常常以微信为载体,给他发送一些音乐和美文,让他在病床上也能享受自己喜欢的美好事物。同时常常和他像老朋友一样地聊天,建议他:活在当下,过好当下的每一天吧。与儿子、儿媳加深一下情感的交流,与自己的妻子多说一点体己的话。

住进舒缓疗护病房半个多月,严先生感觉自己状态还不错,决定回家休养。可是状态平稳只是极为暂时的。彼时,癌细胞越发狰狞和凶残,大面积骨转移,渐渐地严先生便瘫痪、大小便失禁,生活不能自理。

舒缓疗护病房的主任与医务社工知道这一消息后,一起前去探望,指点如何用药,并询问家里人关于照护的情况。严先生的爱人难过地表示:自己60多岁了,身体一直不太好,现在要全力照顾爱人,感觉肩上的担子很重,快撑不住了。

"要不你们再转来舒缓疗护病房吧,我们护工照护得很给力,这样你可以从繁重的照护中稍稍喘一口气,可以和老公有更多精神上的沟通。"当时吴冰是这么建议的。于是当年6月26日,严先生再一次入住舒缓疗护病房。此时的他,身体瘫痪,已两次病危,生活质量严重下降。"我想活。生病了,才知道其实有质量地活着,是最幸福的;瘫痪了,才知道能走路该有多好。"他说。

那已是严先生对于生命最后的感悟,十多天后,他在舒缓疗护病房离世。这也实现了当时他对于死亡的设想:"等到了接近生命的终点,不希望嘈杂和无休止的疼痛,我希望能住在这样的病房,平静地与家人、与这个世界告别。"

第二个故事

我的生命我做主

> 死亡是人生的一部分。我想对家人们说：人总要离世，不必悲伤。我希望我的家人和朋友在我走后能尽快恢复正常生活。
>
> ——俞老

一

2018年4月，俞老在舒缓疗护病房过了自己的90岁生日。

生日会惊喜而隆重。医务社工和志愿者们精心地布置了会场，五彩气球、卡通拉花、星形彩灯点缀着每个角落，蛋糕和寿桃早已准备好，安放在一张桌子上。

随着主持人的开场介绍，坐在轮椅上的俞老由家人推着入场，全场一片沸腾，大家一边拍手一边唱起生日祝福歌。

俞老头上戴着生日帽,卡通而又风趣,他微笑着向大家挥手致意。生命中他最爱的两个女人——爱人和女儿陪伴在左右,来参加生日派对的还有长宁区程家桥街道社区卫生服务中心的医务人员、医务社工和志愿者。

"让我与你们在此相约百岁。"俞老精神状态很好,这句话里,有这位九旬老人惯有的调皮和幽默,也有他的自信。

谁能想到,他是在一年多前被判了"死刑"的人呢。

2017年,俞老发现自己的双脚莫名发肿,当时,他在西昌,去当地医院检查,没诊断出什么问题。中药、西药都配了点,没有根本解决问题,但缓和了一些。

回到上海之后,他发现腰部疼痛,没有太在意,以为是神经痛。

渐渐地,更严重了,双脚有麻木的感觉,疼痛加剧,他去疼痛科看病。医生有经验,马上安排他做核磁共振,检查发现肿瘤,在腰椎第七节。这并非原发部位,而已是骨转移。罪魁祸首是前列腺癌,发现得晚,已是多发转移。

当时在不同的医生那里,有两派意见,一派主张积极治疗,做手术搏一下,另一派主张保守治疗。

俞老对自己的疾病一清二楚。"检查报告上写着CA,我知道的,就是Cancer,癌症呀。"和不少老年人得了癌症后,会被家人隐瞒病情不同,俞老的家人了解他的性格,不敢对他有任何隐瞒,每次医生谈话,都是当着他的面说的。俞老还请女儿从图书馆借来医学方面的书,他要对自己所患的疾病有更多的了解:"我要搞明白,死也要死得明白。"

俞老最终决定,不开刀了,保守治疗。"我看了书,了解到,骨转移了,很麻烦。开刀,放化疗,生活质量很不好,也并不能延长生命。"当时医院告知,存活期不超过三个月。

肿瘤马上展现了自己凶狠的模样,七月,他晚上起来上厕所,一下子瘫倒在地,双腿动弹不了。

病情发展得快速,超出了他的预期。爱人也近70岁,无法照料瘫在床上的俞老。听人介绍,离家不远的长宁区程家桥街道社区卫生服务中心的舒缓疗护病房或许能解决他们的难题,于是家人把他送到这里。

二

入院时,长宁区程家桥街道社区卫生服务中心对俞老进行了专业评估,生存期评分49分,疼痛评分6分(这代表生存期<3个月,中度疼痛。0—3分为轻度,4—6分为中度,7—10分为重度)。双下肢肌力 III 级,由于肢体活动受限,带有轻度压疮,预计生存期不超过三个月。

当时俞老的状态很糟糕,吃啥吐啥,两条腿一点知觉都没有,全身无力,脚踝都破了。虽然家人是在征得他的同意之后把他送进了舒缓疗护病房,但刚入住的时候,俞老还是很不适应。

之前一向自由,想去哪就去哪的人,一下子被困囿于1.2米的病床上，双腿没有知觉，不听使唤。护工阿姨的照顾让他很不习惯："把我翻过来翻过去，这是人生中的第一次。"他感觉自己丧失了尊严。

小小的病房内住了两个人，他住进来当天晚上，隔壁病床的病人就去世了。俞老对待疾病和生死的态度更像西方国家的老人，他不希望医生或家属对他的病情有所隐瞒；他对死亡也看得很豁达："我这一生，有倒霉的时候，也有愉快的时候，经历得太多了。死亡是每个人都要经历的，我自己都曾面对过好几次死亡呢。"但当入住第一晚就面对同房病友的死亡，俞老还是有点紧张，"我本身对生死看得很明白，但一旦身临其境，还是会产生自己也道不明的感觉。"他很坦率地回顾了当时的心情。

他想离开，但是身体情况却不允许，这种不痛快又无奈的情绪夹杂在心中，让他情绪很不好，闷闷不乐地不想和他人交流。

每位患者入院时，医务社工都会和他进行沟通交流，她们秉承平等、接纳、同理心以及非评判理念，根据临终患者过往独特的生命经历，个性化地提供人生回顾、灵性疗愈、尊严疗法等个案介入服务。通过生前预嘱、病友同伴互助、生前告别会等方式，维护患者生命最后的尊严，以坦然的心态学会面对与接纳死亡。

但是这项个案沟通工作在面对俞老的时候碰到了一些阻碍。不过医务社工们并没有放弃，还是时不时地进行病房探访，几次探访中，她们都遇见了寸步不离他的太太。

俞太太每天都来病房照顾自己病重的丈夫,虽然年近七旬,但她还是保持着对生活的热情。每次出现,她都施以淡妆,穿着得体,言笑晏晏。可以看出,即使面对生活的打击,老太太也在努力维持体面和优雅。其实,她自己也是一位需要被照顾的老人,她是帕金森病患者,由于椎管狭窄,颈椎、腰椎都动过手术,且颈部至今还留有四块小钢片。但是她的生活态度非常积极,她说:"当我老了,我希望改变的只是容颜,不变的是我依然有一颗热情洋溢的心,依然希望像孩子一样天真可爱,保持年轻纯净的心境。"

俞太太开朗善谈,医务社工就先和她进行了充分的交流,从她口中,一点点地拼凑出了俞老的人生画卷。

俞老出生于浙江,8岁随父母到上海生活,是家中长子。

学生时代的他就受到进步同学的影响加入了共产党,参加了革命工作。上海解放后,文化水平较高的他主动要求参加二野西南服务团,去四川工作。后来,他辗转在会理、西昌等地工作,一直到1989年离休。

他会修水电站,懂冶金采选、化工及相关设备制造等,是化工领域的高级工程师。在"文化大革命"中他受到冲击,但他还是用自己的才华为当地人民服务,甚至他还改良过一台卷烟机。回上海以后,由于专业领域不同,满腹才华却无用武之地。于是,他每年借着"避暑"的借口,一个人从上海坐一天一夜的火车,经过成都回到西昌,在单位分给自己的九十多平方米的房子里建起了实验室，开展电解实验。

西昌的家是没有装修的毛坯房，没有电视，没有任何消遣。好在俞老除了读书和实验，也没有其他嗜好，加上西昌夏天气候宜人，所以他每年都去，直到86岁，身体每况愈下时才停下来。

医务社工从俞老书写的文字里了解到他深深的遗憾："遗留的摊子里，两间屋的书籍是毕生工作所需及喜爱读书、买书搜集的各项技术书籍，珍惜爱护，不肯处理卖掉。实验设备、西昌客厅及黄水租用小屋二处、器材用具，前后耗资数万。我生活俭约，无嗜好，收入均耗于此，也难于邀约同人，原先并未出于谋利或创业，只是情之所钟、兴到为之，也是生活消遣，现在无法收拾，后继无人，思之怆然难以心平。"

知道了他的人生，他的遗憾，医务社工和俞老彼此之间的沟通就是从他热爱的事业开始的。一说到这个感兴趣的话题，俞老就打开了话匣子，他兴奋地向社工们介绍了自己对于矿浆冶炼设备的研制，说这可以变废旧的矿渣为宝藏，能够净化生态环境。

沟通得多了，俞老渐渐开朗起来，在众人的鼓励下，他发现，即使人在病床上，还是可以继续做自己喜欢的事。他决定整理自己的研究成果及资料并申报专利。

那段时间，医务社工经常看到一幅画面：俞老的弟弟和一名代理人围着他，一而再、再而三地在商议着什么。原来他准备申报专利，"申请专利并不是说我自己要获得什么名和利，我只是希望自己的研究成果能让更多人知道,希望它们今后能推向社会,由后人发展。"小小的病房变得像实验室一般,从加拿大赶来陪护他的弟弟虽然不懂这个专业,但还是帮着他一起整理,做申报材料,就连护工都帮他画简单的图纸。

2017年11月20日,三项专利送审:一项发明专利、两项实用新型专利。俞老成为在舒缓疗护病房申请专利的第一人。

三

专注于专利申请工作,俞老似乎忘记了身上的病痛,他也淡忘了刚入院时的不习惯。他对护理他的护工赵阿姨赞不绝口,日常生活已经离不开她的照顾了。他每次都乐呵呵地和医务社工们聊天,神采飞扬地向他们介绍自己的研究。隔壁床病人的离世也不再影响他,"从我住进来到现在,已经送走了7个人。"家人怕影响他的心情,提出是否要给他换个单人房,不过他觉得没有必要。

更大的惊喜在90大寿后,他感觉到原本没有任何知觉的腿渐渐有了力气。那天,舒缓疗护科的医生、护士们来到俞老的床前,给他做检查:"俞老,您的脚抬起来看看。"俞老慢慢地将腿伸了起来,一下,两下……周围人都很惊讶,觉得像是一个奇迹一般,被询问的时候,医生都笑着说:"也许是个医学奇迹,因为俞老本人就是个奇迹。"

俞老对待疾病和死亡的态度,让医院里的患者与医务人员都很有感触,作为一名九旬的老年重病患者,他的很多行为都像"奇迹"一般。

疾病在人身体上打下印记,似乎想让人臣服,死亡虎视眈眈地盯着,想要把人摧垮,但人终究还是自己的主人。俞老在精神状态还不错的情况下,改造了自己身体能自由伸展到的两三平米的空间。他把女儿结婚时拍的全家福照片放在床头柜上,他让家人找来一根小管子,这样不用借由他人帮助,他就能开关床尾的灯,他在床头的插座上插上一盏床头灯,这样使用更为方便。他还让女儿为他去图书馆借书,他不想丢了身体健康时的兴趣爱好。放不下自己的实验成果,就行动力很强地去申请专利。

所有的这些都打动着医务人员们。"助人者也自助。"医务社工缪沈琴说,无论人生还剩下多久,每个人都需要找到自己生命的价值与意义,"我还有用"四个字,就是支撑他们走出阴霾的信念。

在疾病面前,俞老不愿自怨自艾。"到我这个年龄,必须会有这样一个过程。有的人身体没这么好,生活自理早就成问题了,我虽然躺在床上,但生活各方面多少还能动一动,最关键的是,我脑子还没糊涂,一刻都停不下思考。"他还骄傲地说,自己算是家族里第一长寿的人。

他平静地面对死亡,他甚至还坦然地和女儿小俞谈论了死亡。

在舒缓疗护病区的活动室内，放着一套适合安宁病人与家庭阅读的小册子，包括生命规划篇、身体护理篇、社会资源篇、心灵解读篇等。

当生命行至终点时，疼痛、无措、孤独，陷落于无人能解的生命之痛。很多送走亲人的家人们，在回顾时都说：如果当初有人告诉如何做，这条路怎么走，就不会那么痛苦、那么后悔。这些小册子就犹如是给予临终患者和家属的指南。

像"生命规划篇"中有一些问题，是患者对死亡的看法，也是对自己死后事务的规划。对生命的规划，亦是安宁疗护的一部分。癌症可能会使末期病人突然陷入昏迷，太突然了，都来不及向家人交代家中事宜，来不及见上最后一面，来不及说出心中的话……"来不及"就成了病者的遗憾，家人心中久远的痛。

小俞在活动室看到了这样一套册子，随手拿起"生命规划篇"翻看起来。其他家属看到了，和她交流，说：他们不太敢和生病的家人讨论这个问题。

小俞不确定是否可以和父亲公开地讨论，一开始她没有拿给俞老看，而是自己坐在病房内阅读。俞老看到了，好奇她在看什么书，看到内容后，主动提出："给我看看。"

后来，小俞看到父亲在上面填写了一些内容。比如关于死亡，他认为这是人生的一部分；面对死亡，他最担心的只是有想做而没做的事。而在如果病情无法控制，无力维持生命时，他希望除了基本护理和安宁治疗，选择不接受任何维持生命的治疗，让生命自然结束。在关于告别仪式的选择上,他希望一切从简,不希望开告别仪式,他想选择的安葬方式是海葬。"我希望安葬在东海、黄浦江或钱塘江。"

"得知父亲生病的消息,我很伤心难过,但是他对疾病的正面积极态度给了我很大的力量。"小俞说。

"父亲生我的时候已经50多岁了,他没有因为晚年得女的关系对我很宠溺,反而是如大部分中国父亲一样,对孩子很严厉。我之前和他并没有很多交流,而他这次生病,我们交流了很多,我对他过去的经历有了很多了解,我感觉这是第一次,我们建立了真正的父女间亲密的关系。"

家人的陪伴是俞老的情感支持。俞太太每天都来,总是细声细气和他低语。他的兄弟姐妹经常来看大哥。"我们小的时候,大哥是像父亲一样的角色。他自己在外面工作,但是每个月都固定时间寄钱回来给妈妈,尽到长子的责任。"

转眼又是一年。

在被判只有三个月生存期后,俞老在2019年4月又过了一次生日,医务社工部与志愿者"密谋策划",决定给他带来一场跨越千里的别样生日会。

生日当天,医务社工部将承载着来自甘肃省甘南州夏河县王格尔塘中学学生们满满祝福的剪纸、绘画……交到俞老的手上。孩子们在网上看到俞老的故事深受感动,想对俞老表达自己一份祝福,给俞老一个生日惊喜。

通过视频连线,俞老与远在几千公里以外的藏族小朋友开启了一场温暖的生命对话。孩子们的生日祝福与俞老的殷切嘱托,让现场所有人心里涌着暖暖的感动。"孩子们啊,你们要好好学习,好好锻炼身体,将来成为祖国的栋梁。加油!"

这一年,俞老的状态越来越好,他已经能借助助步器走动几步,也会去别的病房"串门"。长宁区程家桥街道社区卫生服务中心医务社工部还给俞老发了"聘书",聘他为"精神导师"。

俞老曾经说过,"我的生命我做主"。他一直都是这么做的。

"生如夏花之灿烂,逝如秋叶之静美",这是对生命历程的美好诠释。当一个人已经无法避免地走向死亡时,如何优雅地跨越生命的终点?俞老给出了自己的答案。

第三个故事

在告别会上,他说"我爱你们"

对大多数人来说,因为不治之症而在监护室度过生命的最后日子,完全是一种错误。你躺在那里,戴着呼吸机,每一个器官都已停止运转,你的心智摇摆于谵妄之间,永远意识不到自己可能生前都无法离开这个暂借的、灯火通明的地方。大限到来之时,你没有机会说"再见""别难过""我很抱歉"或者"我爱你"。

——《最好的告别》

一

2017年11月初,长宁区程家桥街道社区卫生服务中心舒缓疗护科的张鑫医生收到了一份邀请,看到内容,她有点意外。

邀请是医务社工部负责人吴冰送达的,来自于张鑫分管床位上的病人黄先生,他说要举行一场"生前告别会",邀请熟悉的医护人员参加。

黄先生62岁,因胸痛前往医院就诊,得到了晴天霹雳的诊断结果:肺癌晚期骨转移。靶向药物也宣告无效后,医生委婉告知,已无更好的治疗方案。2017年国庆节后,他住进了长宁区程家桥街道社区卫生服务中心的舒缓疗护病房。

住进舒缓疗护病房,很多患者和家属都有一个从抗拒到接受的漫长阶段,他们需要度过自己的心理落差期。患者会想:我被家人放弃了吗?家属会想:我们难道真的不给他(她)想办法了吗?有时家属甚至不会告诉患者真相,只是对他说:现在住的病房只能呆两个星期,我们给你换家医院。但患者的心思很敏感,真相根本藏不住,所以面对现实,他们往往会情绪不稳。

发脾气、摔东西、绝食、拒绝家属探视……最初的日子里,黄先生情绪波动很大。这个退休前从事水利工程管理的知识分子,无法接受对自己身体的无能为力。不仅插导尿管后需要护工帮助如厕,癌痛更让他的生活质量大幅下降。

从医疗的角度,张鑫医生知道,可能是肿瘤的占位,让黄先生有一些异于平常的行为和情绪,同时,当人面对突如其来的绝症时,内心慌乱、痛苦,也会让情绪有很大的波动。

舒缓疗护病房,已不再使用有创治疗,而是采用对症治疗的方式,减轻患者痛苦,让他们相对舒适地过完人生的最后阶段。安宁疗护是针对无法治愈的疾病之最后阶段提供支持与照护,使病患尽可能获得充足与舒适的生活。安宁疗护视死亡为正常生命过程中的一部分，而维护余生之生活品质为其努力之焦点。它肯定生命的价值，所以拒绝无意义地延长或加速病患的死亡。

"肿瘤患者会有强烈的癌痛，我们会给他们止痛；有的患者胃口很差，我们会通过下胃管或挂点滴的方式让他补充营养；有的患者喘得很厉害，几乎不能平躺，我们就为他们减轻这样的病症；有的患者某些身体部位发肿，我们就进行消肿……"张鑫医生说，中心开展临终关怀服务以来，发现约90%的肿瘤晚期患者伴有不同程度的癌痛，而入住舒缓疗护病区的患者多数已经在二、三级医院予以三阶梯止痛治疗，效果不好，疼痛不能缓解，严重影响了生命质量。

为更好地缓解肿瘤晚期患者的疼痛，提高患者生命最后一程的生命质量，长宁区程家桥街道社区卫生服务中心舒缓疗护科尝试"无痛化病房"建设。科室与上海市同仁医院麻醉科、复旦大学附属中山医院肿瘤科、复旦大学附属肿瘤医院姑息治疗科建立协作关系，通过邀请这些专家来病区教学查房、现场指导操作，实现多模式、个体化的癌性疼痛管理，以期达到有效缓解疼痛，减少治疗相关副作用，改善患者生存质量的目的。"无痛化病房"建设是将病人自控镇痛（PCA）技术作为主要开展的技术，这是一种经医护人员根据病人疼痛程度和身体状况，预先设置镇痛药物的剂量，再交由病人"自我管理"的一种疼痛处理技术。

"和其他医院不一样,我们不开展抢救性治疗,一般意义上的治疗做得少,但我们会给予患者更多的情感支持。"每次去查房时,张鑫医生和同事们都会像拉家常一样地问患者:昨天睡得怎么样?有时也会和家属说:"阿姨,你坐,我们了解下情况。"碰到患者情绪不好时,他们会问:"怎么了,有什么坎过不去啊?"有时,只是这样一句话,患者就会掉下泪来。

二

张鑫医生和同事都知道,患者们因为疾病、身体上的劳累、心理上的恐惧、因疾病就医产生的经济负担等都承受了巨大的压力,非常需要有人给予他们心理疏导、情感支持。"对肿瘤晚期患者来说,心理上的安抚是非常重要的,我们有医务社工部的同事和来自社会各界的志愿者专门开展这方面的工作。"

在黄先生初进医院情绪不稳的时候,就是吴冰在治疗之外和他进行沟通的。看到他发脾气、扔东西,吴冰对他说:"我懂你的意思,你不是真的讨厌他们,你是对自己的身体感到无能为力,又心疼他们照顾你花了很多时间和精力,你希望他们更好地过自己的生活。"这番话,一下子拉近了黄先生与医护人员的距离。

医务社工部的工作是在医疗之外给予患者和家属心理和情感上的支持。"我们的医疗常常对病不对人,看上去有很多方案很多选择,但肿瘤患者和家属所承受的巨大压力却没有得到足够的关注。"

曾有一个让吴冰印象非常深刻的病例。那是一名50多岁的女性，卵巢癌复发，送进舒缓疗护病房的时候已是肿瘤脑转移，并处于脑昏迷状态。她的爱人每天尽心尽力地照看着她，神经处于高度紧绷的状态。有一天他在吴冰的办公室内大哭，还用头去撞墙想伤害自己。他说："我已经尽全力照看她了，为什么她还是一点都没有好转迹象？"

这样的家属、患者并非孤例。他们因为疾病、身体上的劳累、心理上的恐惧等而承受了巨大的压力，必须有人给予他们心理疏导、情感支持。

"在实际工作中，我们也看到了这些非医疗手段对患者和家属的帮助。"

每天十几分钟，甚至几十分钟的聊天，吴冰渐渐得到了黄先生的信任和认可，他把自己的彷徨慢慢倾诉给吴冰。原来，他刻意把家人赶走，是用一种笨拙的方式在学习告别。吴冰告诉他："大家都是平凡人，你这样的表达，他们不能理解，反而会造成伤害。时间对每个人都是公平的，明天没来之前，要珍惜当下的今天啊。"

这些话，戳中了他的内心。在这之后的日子里，黄先生也把很多心里话说给吴冰听。

因为病情加重，黄先生渐渐地发不出声音了，说话都是用气声，有时家人不能听清他在说什么，吴冰却是那个最能听懂他说话的人。11月初的一天,躺在病榻上症状已经加重的黄先生用气声凑在吴冰的耳边,说:"我想办场生前告别会。"

三

自长宁区程家桥街道社区卫生服务中心的舒缓疗护病房成立以来,黄先生是第一位主动要求办生前告别会的患者。

"就像用'舒缓病房''安宁病房'来取代'临终病房'这样的细节,多少都说明着人们对于死亡还没有那么坦然。"张鑫医生说,"所以听到黄先生有这样的想法,我们有一点意外。"

尽管人很虚弱,但黄先生自己定了邀请名单,请了妻子、儿子、弟弟、妹妹等至亲,还有医务人员。

在告别会现场,黄先生躺在床上,听着亲自修改过的悼词,仿佛重新又走了一遍人生。每一位亲友走上前去与他拥抱,他用几不可闻的气声说:"我爱你。"他的妹妹握着他的手说:"哥哥,你安心走完最后一段,爸妈我都会照顾好的。"

黄先生已经成年的儿子还没说话,就先哭了出来,他一遍遍抚摸着父亲的额头和头顶,努力平复了情绪,说:"爸爸你放心,老娘我会照顾好的。"在彼此印象中都不善表达的父子俩,终于在泪水中释放了情感。

对于像黄先生这个年纪的人来说,或许他们一辈子都没有如此表达过情感。很多时候,在病房里,家属来看望的时候,只是说一些客套话,甚至为了极力回避死亡这个话题,会说一些

"过段时间,你肯定就会好起来的"这般彼此都不相信的话。

但黄先生在生命的最后时段,学着把自己的感情表达了出来。最后,他还招了招手,让吴冰过去。吴冰贴近他翕动的嘴唇,听清之后对着当时参加告别会的所有医务人员说:"他想讲两句话。"

黄先生把脖子伸得很长,就像人拼命踮起脚尖说话一般,胸口起伏着大喊。他如此费力地呐喊,发出的依然是气声,但在场的人都听到了,那就是"我爱你们"。

"我们当时都泪流满面。在舒缓疗护病房工作,常常会面对死亡,我们做医务工作的,很多时候都有点麻木了,但在那一刻,真的很感动。死亡,会让人悲伤悲痛,但这种流泪,并不完全是悲伤。"张鑫医生回忆了现场的情景。

2017年,从主要照顾心脑血管疾病、老慢支患者的松江区某社区卫生服务中心普通病房转到长宁区程家桥街道社区卫生服务中心舒缓疗护病房时,张鑫医生也挺不适应。"病房里每周都会有病人去世,感觉挺阴郁的。但是当陪着病人和家属走过这一段,家属在病人死后会专程过来感谢我们,说谢谢你们,让他安详地走了,就像渐渐睡过去一样。每当这时,我们就感到自己的工作很有意义。"

2017年12月,黄先生在平静中离世。吴冰还记得他告诉自己:"谢谢你教我的道谢、道爱、道歉、道别的'四道'人生题,很高兴我做完了。"

社工札记

在这个尊严疗法介入癌症末期患者的服务个案中,医务社工通过同理和疼痛疏导,走进患者内心世界,评估发现案主的主要问题是意义感的丧失。随后在和患者回顾过往中,传递"四道"人生的理念,通过结构式问题引导案主思考,进而主动提出告别会的心愿,以自己满意的方式去道爱、道别。其实对于很多癌末患者来说,意义感的缺失是比较普遍的问题,医务社工通过心理、精神、灵性、社会等多层面的介入和帮助,也就显得尤为重要。而我们也会一直在舒缓疗护病房,帮助他们尽可能实现生命最后的成长。

第二篇
走近安宁病房

■ 医务社工为患者准备"四道人生—即:'道爱'"的礼物。

■ 医务社工为案主布置"生前告别会"准备的花环。

第一个故事

"我爱人会慢慢好起来吗?"

> 接受个人的必死性、清楚了解医学的局限性和可能性,这是一个过程,而不是一种顿悟。
>
> ——《最好的告别》

一

大家每天都能看到杨先生,他站在昏迷的爱人陈女士床前,神情忐忑不安。

陈女士在2014年检查出患有乙状结肠腺癌伴肝脏转移,当时就在三级医院进行了手术,后接受了多次化疗。

生病期间,杨先生精心为陈女士安排饮食,悉心照顾,他还带着陈女士四处求医积极治疗,几乎花光了家中所有的积蓄也在所不惜。但不管做了多少努力,仍然没有抵挡住病魔的侵袭,悬在头顶的"转移复发"达摩克利斯之剑还是落了下来。

陈女士在 2018 年 11 月出现恶心呕吐、头痛等症状,到医院检查后发现全身已有多处转移。当时根据她的身体情况,已没有任何医院再愿意收治。万般无奈之下,杨先生只能选择舒缓疗护,把陈女士送进了长宁区程家桥街道社区卫生服务中心的舒缓疗护病房。

尽管做了这样的决定,但在他的内心,他觉得选择舒缓疗护就意味着选择放弃,这是他最不愿意接受的。

二

陈女士入院时,医生给她做了专业评估,生存期评分 47 分,疼痛评分 4 分。这代表她的生存期小于三个月,中度疼痛。住院一周后,陈女士由于脑部肿瘤扩散,渐渐处于浅昏迷状态。

每天晚上杨先生都陪在陈女士身边,白天她的姐姐们会来轮流照顾,劝他回家:"你回去好好休息,别把自己的身体拖垮了。"但是杨先生放心不下,回家之后买菜做饭,接着又马不停蹄地送来医院,他期盼着妻子能从昏迷中清醒过来,喝一口他亲手煲的汤。

陈女士昏迷后的第一天,他这么做;昏迷后的第十天,他还是这么做;昏迷后的第二十天,他依然站在病床前,等待着妻子醒来的那一刻。他一直没有放弃希望,在陪护的日夜里,杨先生时不时请寺庙里的法师过来看看妻子,又会时不时地从某些地方弄来几包草药放在妻子枕边,他会一边看着妻子,一边虔诚地做着祷告。每当看到医生来查房时,杨先生就会用期盼的眼光看着医生问道:"医生,我爱人会慢慢好起来的是吗?"

看惯了舒缓疗护病房里的真实人性、人情冷暖,长宁区程家桥街道社区卫生服务中心的医护人员和医务社工都被杨先生对妻子的一片深情感动了。但同时,他们对他也有一丝担忧。

杨先生一天天陪在病房内,他的情绪就像一根被拉得很长的橡皮筋一样,处在崩断的边缘。

他并不认可舒缓疗护理念,所以对于医护人员的工作不理解也不配合,认为他们所做的一切没有能让自己的妻子醒过来,是无用的治疗。医护人员知道,他的情绪背后,是对于妻子病情恶化的坚决否认,他无法接受妻子即将离开人世这样一个残酷的现实。

原本医护人员希望他们的女儿或陈女士的姐姐等直系亲属来告诉杨先生关于陈女士的病情,但亲属们一致反对,生怕他一下子无法接受,做出向内或者向外攻击等意想不到的事,所以希望通过医务社工来为杨先生做心理疏导,帮助他正确面对现实困境。

三

吴冰接手了这项艰难的工作。在专业的学习和工作中,她知道临终阶段患者家属身心遭受的困扰、痛苦和压力是难以想象的,需要有人疏导、安抚、鼓励。

"我们常常把关注的眼光放在患者身上,但其实家属的心理也需要被关注,因为他们承受着巨大的压力"吴冰说。

那么临终患者家属的压力主要来自于哪些方面呢?

首先是个人需求的推迟或放弃。失去或即将失去亲人是生活中最强烈的应激事件,家属此时会因悲伤的情绪,压抑个人的需求,由此导致身心损害。其次,家庭中角色与职务的调整与再适应。家属所担任的角色缺失、变更,再适应新的角色与职务(责任)也会承担巨大的压力。最后由于这些压力增强和持续存在,社会互动与参与性减少,导致情绪不稳定,也更易产生医患矛盾。

面对患者家属的心理压力和情绪问题,医务社工能做的主要工作是心理疏导,运用人本主义理论与方法,帮助服务对象在面临重大生活逆境时,学会如何面对困难,克服自我成长过程中所带来的痛苦。

人本主义取向的理论对于人抱有相当的信心,尊重个体对自己过往经历的理解,能够自立并且对自己的言行负责,也有能力发现自己的心理问题并做出改变,因而总体上是积极向上的。在人本主义取向心理咨询中,来访者因为无法发挥出自己的这种潜力所以才会无法克服困难。既然肯定了每个来访者都具有自我实现的潜质,那么心理治疗就是帮助每一个来访者将与生俱来的这种不断成长、自我完善的潜力释放的过程。因此,在治疗中来访者起主要作用,而咨询师只是起辅助、配合作用。

吴冰和同事们一次次地和杨先生全面而坦诚地沟通，她们不藏着掖着，也不用"善意的谎话"骗人，而是坦诚地告诉他陈女士的真实病情和即将到来的结局。真相总是残酷的，一开始杨先生完全不能接受，他在吴冰的办公室内大哭，还不停地撞墙伤害自己，他说："我已经尽全力照看了，为什么她还是一点都没有好转迹象？"

吴冰她们并没有被他的这些举动吓到，她们相信人本质上是理性的，杨先生其实在潜意识里早已接受了这个事实，只是由于对妻子的深情让他无法接受这一切。医务社工们等杨先生平静下来后，让他表达自己的想法和感受。她们肯定他之前为妻子所做的一切，也让他明白他的付出与爱是妻子面对每一次痛苦的动力。因为他，妻子一直坚持到疾病的最后一刻。一次又一次地沟通之后，杨先生慢慢接受了妻子目前病情的真实情况，也意识到自己所有的付出和努力都是值得的，也是对妻子最好的爱的表达。虽然这个过程很痛苦、也很残酷，但由于有医务社工的陪伴，他感受到了支持与帮助的力量。在理智上他也慢慢懂得，守护陪伴就是对妻子最好的安慰、让她无痛苦地过好当下的每一天是对妻子最大的帮助和爱。

在陈女士去世前的最后一周，杨先生一直陪伴在妻子身边，有时静静地看着她，有时在耳边轻轻说着什么。在住院两个多月后，妻子在昏睡中走了。杨先生看着妻子平静而安详的面容，虽有万般不舍，但心里多少有了些安慰。也许，这就是最好的结局吧！

第二个故事

生命列车上的同伴

> 爱德华·科尔在这世上活的最后日子,比大部分人穷尽一生的日子还充实。我知道当他去世时他的双眼是闭上的,而他的心灵却是敞开的。
>
> ——《遗愿清单》

一

电影《遗愿清单》里,黑人汽车修理工卡特·钱伯斯和亿万富翁爱德华·科尔机缘巧合住在同一个病房里,两人性格、工作、生活背景完全不同,但却有一个共同点,那就是都身患重病,时日无多。在几日相处之后,他们结为好友,决定在余下的日子里,完成他们内心所想的"遗愿清单"。

在长宁区程家桥街道社区卫生服务中心的舒缓疗护病房,

也有这样因为偶然的羁绊而并肩同行的故事。

舒缓疗护病房有一位退休教师孙老师,因癌症来得太突然还处在慌乱错愕之中,老伴因为腿脚不灵便,不能来医院探望,两人只能用老式手机通通电话。于是他日日等待着女儿一周一次的探望。有时候,他苦笑着说:"我充其量就是个三等公民,等吃、等睡、等死。"

医务社工听到这话沉默了,即使给予了安慰和支持,也总感觉言语是苍白的……

落叶归根,是一道美丽的轮回,但放到人的生命上,不是每个人都能欣然接受临向终点的生命流淌。

该如何帮助孙老师走出消极的阴霾,使他至少不再如此消沉。回到办公室后,大家都在思考这个问题。

二

得知孙老师曾经是中学语文老师,医务社工缪沈琴便将之前看到的一篇《十二岁女孩写文言文》的新闻,和孙老师作了探讨。

孙老师发现有人和他有着同样的文学爱好,仿佛重新燃起了他的满腔热情,滔滔不绝地谈起自己对文学作品的看法。他提到,《新民晚报》夜光杯版面像一位老友,陪伴他很多年。

缪沈琴知道隔壁病房里俞老先生的女儿为父亲长期订阅了《新民晚报》,于是灵光一闪,一个温暖有趣的想法出现在了她的脑海中……

缪沈琴和同事们先去和俞老进行沟通,告诉他隔壁病房新来了一位患者,情绪有点低沉,询问他是否愿意前去交流沟通,以"前辈"的身份鼓励鼓励他。俞老非常愿意加入到帮助孙老师的行动中,在一个阳光明媚的上午,医务社工向孙老师提出了"俞老可以来串门"的想法。

俞老是舒缓疗护病房的"明星",很多患者都知道他的故事,孙老师也不例外,他早就想认识俞老了。"可……可以吗?"孙老师惊讶又惊喜地说,难掩心中的期待。

对于这次会面,俞老很重视,吃罢饭、睡好觉、擦好身,这些小小的行为都充满了仪式感。挪身、下床、移动的一系列动作,俞老都坚持自己来完成,虽然有些许吃力,可是俞老一直说:"可以的,我自己可以的。"就这样,两位老伙计在舒缓疗护病房开始了"串门之旅"。

"我刚来的时候啊,吃啥吐啥,二十多天呐……我就克服困难呗,慢慢来……总算挺过来了。大难不死,大难不死。"俞老讲故事一般分享着自己的经历。

"俞老来医院的时候还没您好呢,翻一下身都不行……你知道吗?俞老在病床上还申请了三项专利呢!"医务社工也在一旁说道。

"那你在病房里是怎么适应的?护工给你擦好身子到晚上吃饭这段时间你是怎么过的?"孙老师向前辈讨教着经验。

"看书。以前身体好的时候,我一般都是自己到图书馆去。现在到这儿来了,就通过我女儿还有志愿者帮我借书。"

"眼睛行不行?"

"还可以还可以。"第一次见面,两位老人却像久别重逢的知己一样,话匣子打开了再没合上过,孙老师脸上也一直挂着笑容。

"90多岁高龄的老人还那么健谈哦!"说完孙老师畅快地笑着举起了大拇指。医务社工打趣道:"看看,是不是有点不好意思?说真的,我们很多人都以他为榜样,榜样的力量是无穷的。"

俞老又劝说道:"真的,你心要放开。我们两个,平均年龄80多,如果能活几年就好好活。"

"好嘞,尽量争取!"孙老师也幽默起来。

"我今年91岁,我看能活到100岁,我就争取活到100岁。"

"谢谢你的开导,谢谢你的启发!祝你活到100岁!"两个老伙计的手又紧紧握在了一起。

当"串门之旅"结束,俞老自己挪着慢慢离开了病房。回头一瞥,孙老师躺在靠窗的那张床上,目送着他离开。

见证这一幕的年轻医务社工王丹,她很有感触,后来她在社工日记上写道:"我始终感受到一股深沉而又流淌着的温暖,从一位将近百岁老人的身上传递给了正陷入阴霾中的退休教师。也许,这份厚重的生命能量,还将通过孙老师以未知的方式传递给病房甚至病房之外的地方……"

第三个故事

你是重要的,因为你是你

> 你很重要,因为你是你。
> ——西西里·桑德斯,现代临终关怀运动先驱者,英国

一

临终是人的生命列车即将进站的最后一段旅途,此时的人无比需要心灵的慰藉,以对抗无尽的黑暗与恐惧。在工作中,舒缓疗护病房的医务社工们始终秉承着这样一种理念:你是重要的,因为你是你,你一直活到最后一刻,仍然是那么重要;我们会尽一切努力,帮助你安详逝去,但也尽一切努力,令你活到最后一刻。

肺癌患者张先生入住舒缓疗护病房的时候,情况很差。大量胸腔积液,严重影响肺功能,预期生存期只有一至二个月。

病魔折磨他的身体,影响他的情绪,他刚住院时,心情很压抑并陷入一种茫然、焦急、忧虑的情绪之中,一种对生命的绝望和无助感充斥着他的内心。回首往事,当年婚姻的失败令他依然心结难解;想到过去的事业,他也陷入了深深的沮丧之中,因为他再也没有办法获得往日工作中的成就感和价值感。有时他又忿忿不平:"我不抽烟不喝酒,为什么病魔要这么折磨我?"

所有的这些负面心绪笼罩着他,让他生气、痛苦,他把负面情绪传递给了一直照顾自己的女儿,令她也感到身心俱疲。尽管已经做了充分的思想准备,但她仍不知道该如何安抚父亲的情绪,不知道该如何缓解他的痛苦。无奈之下,她向医务社工求助。

医务社工详细了解了张先生的资料,知道他正在经历愤怒期的心理历程,易激怒、怨天尤人、看谁都看不惯。美国的伊丽莎白·库伯勒·罗斯女士是临终关怀领域中一位著名的心理学家,她拓荒性地在20世纪70年代与100多名生命末期患者进行了访谈,从而出版了《论死亡与临终》,总结了数百年来西方文化中对公开谈论和研究死亡的禁忌。她的研究认为,人们面临诸如死亡这样的悲剧时,心态会经历五个阶段:否认阶段、愤怒阶段、讨价还价阶段、沮丧阶段和接受阶段。

在无情的诊断面前,内心受到极大惊吓又心急如焚,第一反应往往是:"不,不是我,这绝不可能。"当最初的否认无济于事时,愤怒、狂躁、嫉妒和怨恨之情便开始出现。这时候,患者自然会想到一个问题："为什么会是我？"就像张先生的忿忿不平一样。

对于处在愤怒期的患者,人们需要学习换位思考,设身处地地从患者角度出发,去想想这种愤怒的根源。其实,患者更希望可以证明自己仍是活生生的人,自己的想法、自己的声音可以被家人们听到,那种被忽略的感受会让他们感到被隔离、被遗忘。

医务社工用专业知识及技能,对张先生进行个案辅导,倾听、共情,与他建立良好的专业关系,使他的负面情绪得到了有效的宣泄。她们告诉张先生,他仍然是一个有用的人,有人关心,还能在他力所能及的范围内尽可能地发挥作用,他不必大发脾气就能被人听到、感受到。

发现有人愿意真正聆听自己的心声,张先生坦诚地说出了很多自己的感受和心里话,等到负面情绪宣泄之后,张先生果然平静了很多。

医务社工们知道,如果多和患者交流他所感兴趣的话题,就可驱赶患者的灰色情绪,唤醒他曾经的激情。她们了解到张先生曾经是个金融高手、炒股行家。于是在平时的沟通中,社工常常和他谈论这方面的话题,说到这一他最擅长的领域时,张先生眼睛似乎闪过一丝光芒,他说:"等我身体好一点,就带你们一起炒股。"

三

在电影《遗愿清单》里,亿万富翁爱德华·科尔一直有个心结,那就是他和女儿的矛盾,两人都认为自己没错而对方错了,老死不相往来了多年。在生命快走到尽头时,他在好友的鼓励下做了让自己真正快乐的事。爱德华·科尔主动去找女儿,和她冰释前嫌。

在人的一生中总有这样那样的遗憾和心结,在人生的最后阶段,如果有机会能解开它们,那就会像电影里说的那样,感到"真正的快乐"。

张先生内心有一个心结,在多次的交流沟通后,医务社工从他口中了解到他深深的遗憾。早年,张先生和妻子离异,这么多年他一直没有从离婚的阴影中走出来,回想过去婚姻的时候,他时常感觉到伤痛。

了解了张先生的心结后,社工联系上了他的前妻,在中间担当桥梁的工作进行沟通。张先生不希望自己最后的人生阶段留下遗憾,他敞开心扉,勇于向前妻表达了自己的遗憾、自责与歉疚。终于,他们冰释前嫌。后来,他的前妻常常抽出时间陪伴张先生,给予他温馨的抚慰。

张先生住在舒缓疗护病房的日子里,他常不由自主地讲起自己住院之后的故事,说他一开始是那么的沮丧、孤独、痛苦,总是抱怨命运的无情,然后他欣慰地说自己从阴霾中走了出来,他感觉自己就像"重生"了一样。

是什么力量让他"重生"了？

肉体的重生不能实现，但精神上的"重生"却是医务社工们努力想让舒缓疗护病房的患者们实现的。

第四个故事

当顶梁柱垮了

> 请别哭泣在我墓前,我不在那儿,也没有长眠。我化作千阵清风为你拂面,我化作晶莹雪花为你装点。
>
> ——《千风之歌》

一

医务社工吴冰无法忘记2017年7月的那个夏日。室外,烈日炎炎,酷暑难当,知了在枝头上"吱吱"叫个不停。舒缓疗护病房内,是一片清凉而安静的世界,病友们或在休息、或在治疗。

一阵孩子的哭声打破了病房内的平静。一个三岁小男孩,由妈妈抱着,伏在一个中年男子的病床前,哭喊着:"爸爸、爸爸。"家人抱走了孩子,走廊里传来"我要爸爸,我要爸爸"声嘶力竭的哭喊声。

当顶梁柱垮了

尽管在舒缓疗护病房内见惯了生离死别,但医务社工吴冰当时仍然忍不住落下眼泪。她知道,这是杨先生的家人带着孩子来见爸爸最后一面。当时杨先生已经进入了肝昏迷状态,距离他住进舒缓疗护病房才不过短短的一个月时间。

杨先生和妻子均出身于单亲家庭,共同的生活经历让两人彼此心意相通,结婚后一直很相爱。儿子出生后,夫妻俩决定由杨先生在外赚钱养家,而妻子全职在家照顾孩子、老人。

谁知2月的某一天,一张检验报告单瞬间摧毁了一切。"肝癌,晚期"不啻于是个晴天霹雳。41岁的男性,家里的顶梁柱,怎么说倒就倒了?

夫妻俩几乎跑遍了上海治疗肝癌权威的医院,看了很多西医、中医专家,做了能做的所有治疗:手术、介入治疗、靶向药物。所有这些治疗手段伴随着高额的治疗费用,还有那严酷的病情:右肝巨块性肝癌并肺内转移,两肺多发转移灶。这些无疑让这个清贫但幸福的家庭一下子崩塌了。但杨先生并没有气馁,他说:"我不能那么早死,我想尽可能多陪陪儿子多陪陪你,哪怕多一天也好!"他的这句话让妻子、让这个家鼓起了勇气面对病魔。

妻子在微信朋友圈中写道:"你把我放在手心,宠了18年。现在换我把你放在手心,陪你走过最后这段时光。现在每分每秒和你相守的日子,对我来说都是那么珍贵。我只希望老天能多给我点时间。我也恨自己为何不能早点觉察,等到你重病卧床,才满心满眼全是你,像你对我那样地对你好,无条件无原则地对你好。这辈子我是还不清你对我的好了。只愿下辈子能遇到,换我全心全意地对你好。"

二

其实,杨先生是在故作坚强,他知道自己作为家中的顶梁柱必须撑着。当他在6月初住进长宁区程家桥街道社区卫生服务中心舒缓疗护病房,边服用靶向药物、边接受舒缓疗护时,面对医务社工一次次的探访,他渐渐地吐露了自己藏在内心深处的脆弱。

杨先生说当得知自己患了肝癌时,犹如五雷轰顶,心沉到了谷底:"家庭、妻子、3岁幼子该怎么办?"他想治病,想活命,但他知道,高昂的医药费是自己这个并不富裕的家庭无法承受的,他内心有深深的消沉、自责、抑郁,但为了不让家人担心,这些负面情绪被压抑在内心,不向外发泄。

在几次的沟通之后,社工根据杨先生当时的状态进行评估后认为,他已经过了应激反应的休克期(冲击期),正在经历防御期(防御退缩期)。由于突发情况超过了自己的应付和承受能力,为了恢复心理上的平衡,控制焦虑和情绪紊乱,患者会本能地启动包括"心理隔离"在内的自我保护机制,会使用否认、退缩和回避手段进行合理化,控制悲伤的表达,压抑自己的情绪。

当妻子通过微信暗示杨先生要拍点视频,给儿子留下点影像资料或者记忆时,他选择了沉默、回避。他不甘心、放不下,即使他已进入嗜睡状态,他还故意遗忘自己已失去手术指征这一事实,反而念念不忘通过昂贵的靶向药物来使肿瘤变小,然后进行手术。他说:"我不能那么早死,我想尽可能多陪妻儿。"

面对杨先生这样的状态,医务社工根据专业知识知道,需要做一些认知干预,帮助他改变目前的想法。认知干预是指通过改变或影响个体已有的认知思维模式来影响个体的行为方式的各种主动措施。它的基础在于一个人对己、对人、对事的看法、观念或想法,会直接或间接地影响心情及行为。

医务社工知道,对杨先生进行认知干预,可以帮助他正视自我的身体状况,提高自己对现实的认识能力,改变他对自我病情的曲解,缓解主观上的抑郁、焦虑、恐惧、放不下的情绪,以此来减轻应激源对杨先生造成的心理压力。

医务社工对杨先生进行了一次次的心理沟通、认知干预。同时为了减轻他们家庭的经济压力,医务社工还与上海"手牵手"生命关爱发展中心微信传书,申请善款,尽力帮助他们。在这些干预和帮助之下,杨先生终于拿出自己最好的状态,为孩子录了很多音频和视频,他对儿子说:"爸爸在天上会关注着你的成长轨迹。"对孩子来说,这是一笔宝贵的精神财富,是他和父亲永远的联结。

三

病魔太凶残,从查出病情到夺去杨先生的生命,仅仅5个月时间。2017年7月,杨先生撒手人寰。

妻子悲痛欲绝,她在微信的朋友圈里这样表达:"你怎么能对我好成这样,又怎么舍得把我一个人丢在这世上。你回来啊,我想你回来,我要你回来。老天求求你把他还给我吧。"

医务社工看到这些伤心至极的文字,知道杨先生的妻子陷入了深深的悲伤之中,难以从爱人去世的阴影里走出来。即使杨先生已经离开人世,但医务社工和这个家庭的联结没有断。她们开始了对杨先生妻子的跟进、干预、哀伤辅导等工作。哀伤辅导可以减轻哀伤者精神层面的情绪负荷,协助其适应失落之后的外在环境,并促进哀伤者重新建立自我和社会关系。

通过哀伤辅导,医务社工们协助杨先生的妻子慢慢度过了哀伤时期,顺利回归到个人正常的社会生活中。

时间会洗涤人的心灵创伤。逝者已矣,生活还将继续,活着的人需要沿着原有的生活轨迹继续人生的历程。只有回归到正常的生活中,才能更好地告慰于逝者。

第五个故事

三进安宁病房

> 在我们衰老脆弱、不再有能力保护自己的时候,如何使生活存在价值?当一个人已经无法避免地走向死亡,任何治疗都无法阻止这一过程,如何优雅地跨越生命的终点?安宁病房的舒缓疗护,减缓疾病症状,提升病患的心理和精神状态,让生命的最后一程走得完满而有尊严。
>
> ——《最好的告别》

一

"胡阿姨,今天感觉怎样?""嗯,还不错",胡阿姨点点头。此刻,她的脸上充满宁静与安详,社工妙妙一颗悬着的心终于放下了。这是胡阿姨第三次进入舒缓疗护病房,而前两次住院的情景,可不是这样的。

还记得胡阿姨第一次入住舒缓疗护病房时,她充满怨气,整天不是说这里的医疗水平不如大医院,就是说吃得不好、晚上睡得不好。

每次看到医生护士查房,总会问"医生,我这病几时能看好啊?"每次听到这些话,她的儿子总会对着医生眨眨眼,意思是不要和胡阿姨说出真相,为了尊重家属意愿,医护人员只能回避说出事实,对胡阿姨一般都以安抚为主。

说实话,为了照顾胡阿姨,她的儿子也是费尽了苦心。他特地请来护工帮忙,一方面希望能减轻家里人的负担,另一方面希望能全方位照看母亲,但胡阿姨并不领情,总说护工笨手笨脚,这也做不好,那也不能令她满意,她依然让老伴和儿子24小时轮流陪护着,甚至不能脱离自己的视野。整整一周,全家被折腾得筋疲力尽。

社工妙妙通过病房探访了解到这些情况后,就找胡阿姨的儿子进行了沟通,希望他能把病情如实告知母亲,但她儿子坚决反对:"我母亲胆子很小的,我怕她知道后害怕,承受不了。"

"但是你们这样一直瞒着,她就无法对自己的疾病有正确的认识,也没办法对治疗做出自己的决定,这样你认为对她是最好的吗?"妙妙看着一旁面露难色的儿子问道。

"不管怎样,我还是想带她到大医院再看看。"看着儿子坚定的眼神,妙妙无言以对。其实胡阿姨发现疾病时就已经被诊断为卵巢癌晚期,没有一家医院肯收治。在其他医生的建议下,才来到了舒缓疗护病房。但是每每想到母亲没有做过手术,也没接受过放化疗,儿子总有些心不甘。"肯定有医院可以治疗这病的吧"。带着这个信念,胡阿姨儿子带着她离开了舒缓疗护病房。

儿子特地挂上三甲医院专家的号,带胡阿姨去看病,但专家医生仔细地看了检查报告单,给出的结论和之前一样:病人年龄大,心肺功能差,无法耐受手术,建议保守治疗。

二

在医院不肯收治、家里又无法照护的无奈情况下,胡阿姨又一次来到舒缓疗护病房。原本想着这次胡阿姨肯定会安安心心地住下,谁料又有意想不到的事发生了。

胡阿姨的妹妹得知了姐姐生病的消息后,从外地赶来,一踏入舒缓疗护病房,就质问外甥:"你们怎么能这么不孝,把你母亲送到临终病房,难道你们眼睁睁地看着她在这里等死?"

社工妙妙看到后急忙解释道:"临终关怀的目的是减轻患者的痛苦,让她舒适而有尊严地离去,既不加速也不延缓死亡。"尽管妙妙一次一次跟家属进行沟通解释,但面对亲属的抱怨与指责,胡阿姨的儿子只能又一次选择逃离舒缓疗护病房。

几度辗转,他们来到了三甲专科医院就诊。此时的胡阿姨腹痛难忍,手不断地捂着肚子,经检查诊断为卵巢癌伴多处转移、腹水、细菌性感染。由于处于癌症终末期,所以只能姑息治疗。胡阿姨只能在急诊室走廊里度过了整整三天。此时,胡阿姨想到了社工妙妙,万般无奈之下,她拨打了妙妙的电话。

"胡阿姨,你还好吗?有什么需要尽管跟我说。"听到妙妙在电话那头热忱的问候,胡阿姨的内心感到温馨舒畅,此时的她不顾家人反对,坚决要求再入住舒缓疗护病房。

三进舒缓疗护病房,让胡阿姨深刻感受到:"原来这里才是最适合我的。"在舒缓疗护病房里,看到医生护士每天尽心付出,帮助减少身体上的疼痛;医务社工无私的关爱,可以解除内心的恐惧焦虑;志愿者们的爱心陪护,让人不再孤单害怕……所有的一切,让胡阿姨在面对自己身患重病、不久于人世的事实面前,感到安心坦然。

三

当亲属得了绝症,是否要告诉他(她)实情,在中国向来是一个令人左右为难的事情。和胡阿姨的儿子一样,很多家属在得知了病情后都会私下慎重地和医务人员说,希望能帮着隐瞒患者真实病情。家属的理由是,担心患者,特别是年长的患者受不了打击,一蹶不振。他们觉得自己的亲属心理特别脆弱,不知道的时候还能好吃好睡,知道之后整个人就萎靡了。既然治愈不了,就让他活在爱的谎言中吧。

在中国,当一个人生病之后,往往就身处弱势了,他(她)的家属变得强势起来。不少患者在爱的名义下被剥夺了知情权,任由他人决定着自己的命运。

大部分亲属的出发点是好的,想要给予病人"善意的谎言",让病人在不知情的情况下"幸福"地过完最后的时光。家人的心态或许是这样的:这个事实太残酷了,就不要告诉他,让他活在虚假的美梦中吧,这样可以减少伤痛。殊不知,梦总是会醒的,事实依旧很残酷。而且在不知情的情况下,患者会怀疑,会愤怒,他会想为什么治疗了那么久,我的身体症状仍然没有好转。这些怀疑和愤怒纠缠着他的内心,其实更不利于他身体的健康。

患者真的如家人想象的那么脆弱吗?他们真的没有承受能力吗,你们怎么知道他们得知了自己的病情之后就会崩溃?

当得知实际病情的那一刻,患者确实会难以接受,会难过、痛苦、甚至崩溃。可是人都是有力量的,即使他(她)是一名身患绝症的患者,他(她)也会在最初的情绪之后,进入理性的思考,为自己选择治疗方案。每个人都有权利为自己的人生做主,隐瞒患者的病情,其实是剥夺了他(她)为自己做主的权利。

胡阿姨就是如此。或许一开始她的内心并没有那般强大,但在知道自己病情后,这位昔日的光学仪器工程师,终于在"我的生命我做主"的信念下,作出了生命最后的抉择。她在二进二出舒缓疗护病房的过程中,对舒缓疗护的理念已有了深入了解,最后她选择主动打电话,主动要求在舒缓疗护病房度过自己最后的时光。

在第三次入住舒缓疗护病房的十天后,社工妙妙握着胡阿姨的手,陪伴她走完人生的最后一程。

　　春夏秋冬,生老病死,每个人都会急遽地老去,也终将在某个时刻遁入晨雾或暮色。当医学上已经判定我们余日不多的时候,我们是要插上各种管子、接受冰冷的仪器摧残,还是给自己选择一种舒适而有尊严的方式离开呢?"有尊严地死去"不是"安乐死",而是缓和医疗的一种,是在人们进入生命末期的时候,医疗机构为病人提供缓解一切疼痛和痛苦的办法,综合照顾患者的心理和精神需求,将死亡视为生命的自然过程,既不加速也不延缓死亡,让病人平静而无痛苦地离世。

　　"生时愿如火花,燃烧到生命最后一刻。死时愿如雪花,飘然落地,化为尘土!"愿有尊严地离去不再是个美丽的童话。

第六个故事

助人者他助

> 我爱人现在身体不行了,但我们曾一起经历了美好的生活:夫妻之间的恩爱,孩子的成长。
>
> ——患者家属

在舒缓疗护病房,医务社工每天的工作是"兜病房",和患者、家属交谈,舒缓他们的焦虑和无助。

很多时候,他们疗愈患者和家属,但有的时候,他们也会被临终患者及家属面对死亡的态度震撼。

刘先生66岁,在经历了几年抗癌的历程后,在住进舒缓疗护病房时,生命已进入倒计时。但是他很平静,没有烦躁,没有忧伤,静静地等待生命的终结,就犹如人们看着大自然中生物的演变一般:萌芽、成长、鼎盛、衰退、消亡。

他爱人的眼神中有忧伤,但也很平和,就如同生命节律的自然流淌一样,

一切都安安静静。

有一天,医务社工去找刘先生的妻子聊天,本意是让她舒缓一下压抑的情绪。但她轻轻一笑,温和地说:"我爱人现在身体不行了,但我们曾一起经历了美好的生活,夫妻之间的恩爱,生活水平的提高,孩子的成长、出道,这一切仿佛就在眼前。我来自于寻常百姓人家,但我确实体验到了改革开放40年的成果,人们有了奔头,丰富的物质生活使我们能过上自己想要过的生活。我爱人身体罹患肿瘤这几年,得到了社会的关爱,给了我们战胜病魔的勇气,我唯有感恩的心。"

这位相貌普通的老年女性所说的话并没有华丽的辞藻,但讲的道理却如此通透,心境如此豁达,让医务社工不禁对她肃然起敬。

另一个风和日丽的下午,当医务社工在"兜病房"时,遇到了一位老太太,她正陪伴在爱人床边。老先生已经84岁了,膀胱癌。

当医务社工问起他们的家庭情况时,老太太微笑着,滔滔不绝地讲述起来:她75岁,每天打太极拳,跳健身舞,房子76平方米两人住很舒服;儿子女儿事业都不错,现在第三代也已长大成人,有的在上大学,有的海外留学回来创业。老人的满足感、好心态在她娓娓道来的陈述中得到了充分的显现。

当和医务社工说话的时候,老太太常常温柔地用手拍拍社工的肩膀,就好像是向一位老友分享自己生活中的事情一般。医务社工问:"阿婆你很平和,很开心,是什么力量使你有这种心态呢?"

老太太说,老先生生癌症是不幸,但他是84岁才生病的,有些人一退休就去世了。而且两人生活一辈子,没受过穷,没受过苦,子女也都很有出息,所以感觉生活得很幸福。

或许,我们并不能改变生活,但我们能改变对待生活的心态。

第七个故事

探索安宁病房

死亡来敲门的那一天,

你要给他什么?

我会在宾客面前奉献出我的生命,

我不会让他空着手回去。

——《飞鸟集》泰戈尔

"我爸爸要是早一点来就好了。"尹老师的女儿心里有这样的愧疚,她的父亲因肿瘤转移到脑部,压迫脑神经,已无法说话,认不出人,很多时间都处在昏迷当中。

尹老师的爱人从朋友那了解了安宁疗护的理念,提出把他送进舒缓疗护病房,由专业人士进行照顾。但女儿迟迟下不了这个决心:"爸爸曾经说过:'你们不要丢下我。'我一点都不了解舒缓疗护病房是做什么的,以为来了舒缓疗护病房就是把爸爸扔过去、不管了,就等于他的生命从此结束了。"

等到终于下定决心把尹老师送到舒缓疗护病房时,他已经因为长期卧床而导致褥疮严重,疼痛难忍了。

女儿内心自责不已,她为自己的一个错误理念和抉择而感到沮丧。看到她在伤心地哭泣,医务社工宽慰她:其实对晚期的肿瘤患者而言,所要给予的医治已经很少了。安宁疗护(从2017年起,当时国家卫计委的文件,将临终关怀工作统一称为"安宁疗护"。原先自2012年上海市相关文件中使用的"舒缓疗护",也将被"安宁疗护"这一称谓取代)的理念,就是为了减少患者的痛苦,舒缓来自于肉体和心灵的不适,从而提高人的尊严感,敬畏作为一个大写的人的生命。女儿听了频频点头,此时她已经知道舒缓疗护病房是干什么的了,也明白了安宁疗护的真正内涵。

不过即使她和母亲都了解了安宁疗护的理念,但对于在舒缓疗护病房内,究竟会做什么,还是并不了解。

有一天,尹老师的爱人看到病房里的一位病人、医务社工、志愿者、病人家属,几个人都在唱着歌,电子琴的伴奏甚是柔和,人声、乐器和声,时而悠扬、抒情,时而温婉,在场的每一位都全身心地投入。"那位病人早上还昏迷着呢,怎么现在变得如此有活力?还有,边上病床那位老太太,不停地随着音乐的节奏打拍子,可她脸上的肿瘤几乎遮住了小半个脸。他们都在做什么呢?"尹老师的爱人疑惑地问。

医务社工告诉她：这是医务社工为晚期的肿瘤患者进行音乐疗愈，音乐可以治愈人的心灵，音乐的旋律优美、柔和、静好，它可以给人遐想，使人的心灵放飞、自由地驰骋。生命终末期音乐疗法是一种被动治疗，目的在于提高生命质量，如：减轻身体痛苦、抒发情感、诱发其对过去的回忆及给以安慰等。

尹老师的爱人呆住了，她没想到，舒缓疗护病房还有这样的"音乐疗愈"。

又有一天，她看到隔壁病房内，一位志愿者手捧着圣经在为病人读着经书。她又好奇地问医务社工："有宗教信仰的病人，难道你们也为她（他）提供一些相关服务吗？"医务社工将工作中对终末期患者灵性疗愈的大概内容，向尹老师的爱人作了解读。"原来有宗教需求的病人，也能在此得到满足啊。看来我要重新认识舒缓疗护病房究竟是什么样子的了。"

在舒缓疗护病房住了几日，尹老师的爱人不断探索着病房是什么样子，而尹老师也在医护人员的精心护理下，褥疮的面积和严重程度都有了很好的缓解，疼痛也有所缓解。尹老师的爱人很高兴："这些都是我们在家里弄不成的。"而舒缓疗护、压疮的护理、疼痛的管理，都是舒缓疗护病房医护人员的最基本工作，也是衡量舒缓疗护病房医护质量的试金石。

某一天，尹老师的生命之灯最终还是熄灭了，他的亲人感到无比的悲伤，但也感到很庆幸，最后的日子让他远离了褥疮的痛苦，让他有尊严地走完了人生最后一段旅程。

第八个故事

去世前一天，他实现了最后的心愿

王丹是一名年轻的医务社工，她从华东理工大学社会工作专业获得硕士学位后，成了长宁区程家桥街道社区卫生服务中心的医务社工，以下是她的讲述：

毕业后，我成了一名专注于安宁疗护（临终关怀）的医务社工。陪伴他们进来，陪伴他们离去。

工作半年后的某一天，我遇到了一位有点特别的患者。他黑而细长的脸很有精神，比实际年龄看着年轻一些，不太像是生了重病。他坐着轮椅进来时，全神贯注地玩着手机，一直挪到病床上，视线都没有离开过。我走过去和他打招呼，称赞他"挺赶时髦的"，他嘟瑟地笑笑，聊着聊着就慢慢熟悉了。

过了几天，像往常一样，我又进病房看他，他皱着眉头点着手机:"怎么不灵了呢?"看到我进来了就让我帮忙,我帮他调好之后,又教他怎么用音乐播放器听他喜欢的《十送红军》。

他叹了口气,说:"现在时代真的是变了呢。那些年我们都去当知青,我当时琢磨着东北大米挺出名,到那儿去肯定饿不着,就报名去了吉林,插队落户。"

"那您后悔过吗?"

"不后悔,我是个很洒脱的人。因为是自己决定去的。我也很独立,一辈子不求人。"沉默了一会儿,他变了语气:"谁曾想现在吃喝拉撒都要靠阿姨照顾。我知道,我走不出这个病房了……"

常常面临这样的情景,我带着些许的心疼,试着去同理他的感受:"看到自己生命的有限,确实是让人沮丧的事。不过洒脱的人,应该会更少痛苦吧,不会留下那么多遗憾。"

"是啊,我们同辈的知青有两个已经走掉了,一个在家里睡了四年多也走了。我想念他们,也数着我的日子。反正人走了也就什么都没有了,十几年前我就和太太去办遗体捐献,不知道为什么没有办成。"

我进一步询问后才知道,他十几年前就去咨询过,碍于各种原因一直没有办成,到现在还念叨着,这大概是他最大的心愿吧。我告诉他:"你知道的,我们也是一家红十字老年护理医院,如果你愿意,我们一定会尽快地帮你办好这个事。"

他听我这么说,眼睛亮了一下:"好啊! 如果是这样那就太好了,我自己老搞不明白这个怎么办。反正我们俩没有孩子,也就少了很多牵绊。西裤、衬衫、旧皮箱是我平常穿的,也是我走时的一身行头。"

我调侃地夸他:"你很帅气的。"

出了病房后,医务社工部吴冰主任迅速和区红十字会取得联系、协调,两天之内为他们夫妇办好了所有手续。那天下午,我们拿着办好的捐赠证书沉默着,总觉得少了点什么。"为他买一束鲜花吧,即使到最后他仍然惦记着帮助别人、帮助社会。最后他也应该被温暖,鲜花会让他的心里多点阳光吧。"大家都同意了,我便定了一篮橙色系鲜花,花语是"幸福快乐"。

在阳光明媚的一天,我们捧着捐赠证书和一篮鲜花,走进了他的病房。他看到红色的证书,双手微微颤抖着接了过去,连连道谢。我不禁好奇,他黑而细长又布满皱纹的脸上,在些许复杂的表情里,究竟经历过怎样的人生。

那天下班经过他的病房,和他打过招呼我便回了家。第二天清早,收到了主任的短信:2床叔叔走了。我一时间没反应过来,怎么,怎么会这么快呢?明明昨天还好好的。

我想:或许,当一个生命即将谢幕之时,实现最后的心愿和牵绊,也许真的能帮助他们更加安宁地离去。老一辈的人生故事,将随着生命的结束,逐渐被忘记,而在值得铭记的故事里,我是不是可以做得更多?

第九个故事

找到可以倾诉的人

> 我还从来没向人这么事无巨细地说起自己的事情呢。
>
> ——患者

一

王先生是一位肠癌脑转移患者,也许肿瘤暂时还没有完全现出狰狞的面目,他的情形还算可以,如他所说"吃得下,睡得着",生存期评分七十几分。

医务社工很好奇,状况还算可以,难道不能居家调养吗?

带着这一困惑,医务社工在病房探访时和王先生进行了交流。一系列的嘘寒问暖触动了他的心弦,他的倾述犹如打开了闸门的流水。"我还从来没向人这么事无巨细地说起自己的事情呢。"王先生说。

他觉得自己活得很憋屈。因为企业转制后，职工下岗，在这时代的洪流中，他妻子找准了属于自己的位置，在家政公司上班，上门做起了月嫂，这一做就做了十几年。她用自己勤劳的双手，为这个家创造了丰富的物质生活。然而，王先生觉得，妻子忙于赚钱，却忽略了老公。

这是很多中国家庭的缩影，为了过上更好的生活，夫妻分居两地、异地打工都是常态。"我妻子勤快，一做就停不下来。现在又在护理站做长护险的居家护理员。我心疼她，怕她做坏了身体。我们家房子两房两厅，不算小了，生活比上不足、比下有余。我希望老婆陪着我，可她一天到晚地忙着。"王先生说完，一脸沮丧，他感到心里苦闷，却没有地方排遣。

二

当医务社工和王先生交流的时候，他妻子带了烧好的菜，来到了他的病榻前。

王先生的妻子长得白白净净，干练而又精神。听着医务社工和王先生的交流，她表示自己也很愿意一起沟通，"跟他多谈谈，他很愿意，我也很愿意。"

在两个人坦诚的交流中，医务社工发现他们彼此之间有抱怨的地方，也有不同的心理需求。

"他早在50多岁时就中风、脑梗。他不断地喝酒，丝毫不讲究生活方式的好坏。"妻子不满他不健康的生活方式。

"你总是在外面干活,不陪着我。"丈夫也有委屈。

"你不叫我出去做。可你要是能干的话,我还出去找活吗?谁不想轻松地享受生活?我也会搓麻将白相的,不过,只有赚钱了,才能过上好的日子。"说着说着,妻子委屈地哭了起来。病床上的王先生听出了妻子的委屈,眼眶也湿润了。

他们彼此之间,第一次有这么深入的交流,三小时的交谈,转瞬即逝。病榻上的老公看着妻子,百感交集,有悔恨、有心疼、有谅解;而妻子,也在听到他的心声后,有了暖暖的温情。

三

夫妻两人坦诚的沟通,让彼此明白了对方的心意,也消除了过往的误会。尽管妻子还是在忙着,但王先生的心情平静了很多。他说:"幸好我来到了这里,有医护人员,还有护工的帮助。"

医务社工安抚他:"你来这里算来对了,医疗照护在家里是达不到的,你的妻子、女儿、亲人尽管忙着手头上的活计,但还是每天的某个时段,或不定期地来看望你的。当你心绪不宁的时候,有我们医院的人文关怀,病房里时不时有志愿者的身影,这些都是很好的资源,你应该好好地利用起来。正如同你说的,你目前的状况还算可以,吃得下、睡得着,那又何必纠结于爱人的随时陪伴呢?"王先生点了点头。此时,他已经理解了妻子。

医务社工邀请王先生参加每星期一次的志愿者主题活动,他欣然接受。那天是戏曲联欢主题,志愿者、患者、家属、医护共同参与其中。王先生出其不意地提出要和志愿者演唱黄梅戏《夫妻双双把家还》。他患有脑梗，言语不很流畅，唱起歌来有一句没一句的，但他神采飞扬，眼里放着光。要知道，前段时间，他还是一名对护工不友好、对妻子有怨言的"难搞的人"，而现在，大家都觉得他有了变化。

当心里郁结的情绪被解开后，他活得更为快乐了，也让周围的人过得更为舒心了。

第三篇
该如何拯救你,我爱的人

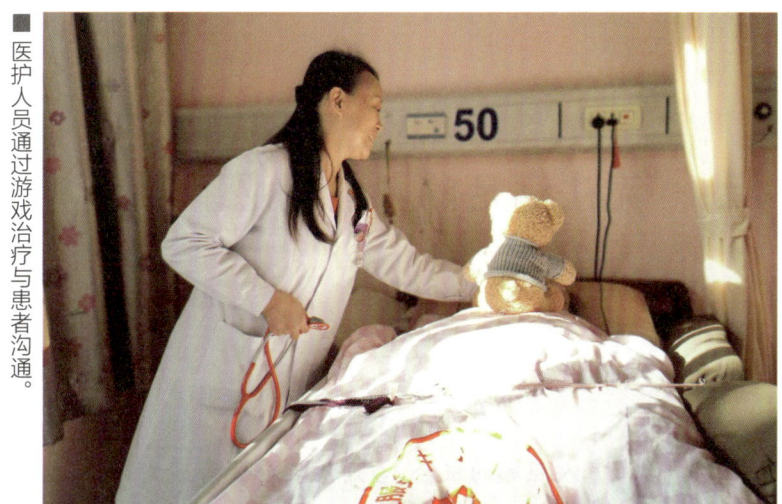

医护人员通过游戏治疗与患者沟通。

医务社工中秋佳节送"月饼"传递温暖。

第一个故事

无法满足的"最后愿望"

> 要给家人照顾的机会,否则他们会留有遗憾,而且这种负重感像一个阴影在心中,挥之不去。当我们将自己的生命随意抛弃,给亲人留下的将是永远的伤痛。
>
> ——医务社工札记

一

一般情况下,人们总会尽量满足临终之人的愿望,即使愿望费时费力费财,因为很有可能,这是最后的一个愿望。

但是常女士的临终愿望,没有人能帮她满足。

常女士是一名退休的大学工科教授,她的大家庭里有六位教授,是书香门第。她老伴也是同所高校的计算机信息教授。常女士已经78岁了,对于自己病情进展的所有相关情况,她十分清楚。

十多年前,常女士的右乳发现乳腺癌,当时做了手术治疗。2016年,她感到消化不良,就去医院做检查,一开始以为只是消化道梗阻,医生建议进行手术治疗。但是在手术之后,发现其实是肿瘤转移造成的不完全性肠梗阻。

根据她的病情,医生不建议再做手术,予以内科保守治疗及介入治疗,但是效果并不明显。两年之后,在2018年5月,她住进了长宁区程家桥街道社区卫生服务中心的舒缓疗护病房。

进入舒缓疗护病房,是常女士和先生共同的决定,作为知识分子,他们对安宁疗护有深入的了解,他们也希望在舒缓疗护病房里,能有对临终患者进行温馨陪伴、温情交谈、诚恳交心、温暖服务的人文环境。正式入住舒缓疗护病房后,看到病房里确实是他们所期待的人文关怀氛围,他俩的心都踏实了。

但是,她内心深处的一个执念,仍在折磨着她。

二

"孩子们手头有很多的事要做,老伴已经80高龄了。十多年生病折腾,我觉得我给他们造成很大的拖累,对于给老伴造成的照顾压力,我感到愧疚。"在医务社工做病房探访时,常女士坦诚地说出了自己对于家人的愧疚之情。她介绍说,老伴是"三高"(高血脂、高血压、高血糖)人士,深受慢性病痛困扰。但为了照顾她,多年来跟着她辗转各大医院,很体贴、细心。

看到爱人身心疲惫,常女士很是心疼,却又毫无办法。所以她对社工说出了自己的愿望:"我想早一点结束自己的生命,可以不再受疾病的折磨,也可以解除亲人的照看压力。我能不能安乐死?"

对于"安乐死"的话题,显然常女士和老伴已经商量过,老伴的内心很是矛盾,他既不舍得妻子离去,但是对于她在肉体上所遭受的痛苦,也实在感到于心不忍。所以从怜悯妻子的角度,他抱着这样一丝幻想,是否可以让亲人早一点得到解脱。所以他也问医务社工:"能不能有安乐死?"

由于涉及诸多法律和医学伦理问题,安乐死在我国的法律上仍然不被允许,医务社工虽然对常女士的愿望说了"不",但他们并非撒手不管。

首先医务社工向临床医师咨询有关常女士疼痛的性质、程度,他们要更好地了解她情绪波动的起源。很多癌症晚期病人会承受强烈的癌痛,身体上的痛苦会让他们出现"厌世"的想法。

临床医生介绍,常女士的不完全性肠梗阻虽然没有暴发性癌痛来得剧烈,但是由于梗阻引起的消化系统症状,导致吃下去的东西朝上翻,呕吐、吃不进、没胃口。

每个人的身体感受都是不一样的,常女士对于肠梗阻疼痛度很不耐受,所以情绪上非常排斥。对她来说,肠梗阻疼痛是如此这般的令她难受。这种身体上的严重不适感及生活品质的极度低下感困扰着常女士,使她严重抑郁,幻想一了百了。

医务人员和社工首先要做的就是让常女士身体上舒服起来,临床医生给出的医疗方案是用芬太尼对症止痛治疗。在躯体所受的折磨慢慢消解之后,常女士的心才可以腾出一丝空间,感受情感上的抚慰和滋润。

从本身的性格来说,常女士是一位开朗的老太太,她喜欢交流,也喜欢有人围在她身边。相守多年,老伴非常清楚她的性格,所以他一直陪伴在她身边,他也偷偷地对医务社工和志愿者说:"你们多陪陪她,多开导开导她,让她舒缓压抑的心情。"

陪伴和抚慰一直以来是舒缓疗护病房医务社工们的重点工作,医务社工总是用真诚与专业,为晚期肿瘤患者驱散恐惧与痛苦,为生命的最后一程送上慰藉与宁静,让患者生命最后一程走得舒适、平静而有尊严。

对待常女士也不例外,医务社工和志愿者们常常陪伴在她身边,陪她聊天,和她共同面对住在病房的日子。

医务社工问起常女士和老伴相识的过程,说到这个话题,常女士眼睛闪着亮光,就像回到了年轻时代。她说起了和老伴相识相伴的经历,有的地方老伴还做了补充,两人还打趣着说起了当时对对方的第一印象。这些温馨的画面随着语言散落在病房中,冲淡了眼下难熬的日子。

针对常女士对于老伴和子女的照顾怀有的歉疚心理,医务社工也进行了针对性的劝导。"要给家人照顾的机会,否则他们会留有遗憾,而且这种负重感像一个阴影在心中,挥之不去。当我们将自己的生命随意抛弃,给亲人留下的将是永远的伤痛。"

常女士是位冰雪聪明的女性,她很快就明白过来,没有人能改变必死的命运,也没有人不存在死亡的焦虑。对死亡的恐惧如影随形,一直在我们身边。但我们有亲情,与亲密之人的连接是解除人生苦难的良药。她发现,虽然自己当时在病痛的困顿和对亲人的愧疚之情下,想要"安乐死",但她同时还有对老伴的深深爱恋,还有对于小辈的牵挂。当老伴牵着她的手时,当儿子叫着妈妈时,当孙子喊着奶奶时,或者当医院的护工为她提供照护时,她都能感受到那份柔情,即使她的生命剩余不多,但还是有时间,可以体会和家人之间的深情。

在这些交流和感触中,时间在慢慢地流逝,不知不觉地转移了常女士的思绪,冲淡了她躯体上的难受,也渐渐使常女士的心灵稍稍卸下沉重的包袱,有了喘息的余地。

从入住安宁病房到撒手人寰,时间并不多,但离开的时候,常女士很平静,或许是因为她放下了心灵深处的愧疚和痛楚。

常女士安然辞世,老伴涕泪交加,他很悲伤,但在悲伤之余也有一丝宽慰。在医务社工对他做哀伤辅导时,他表达了自己在悲痛和解脱这两种情绪之间的挣扎——悲伤来自于失去了相知相爱的妻子,而他的解脱来自于终于卸下了用全部时间照顾妻子的重担。同时他也宽慰自己,妻子最终得到了解脱,摆脱了疾病的折磨。

虽然死亡可以从肉体上摧毁我们,但死亡也能从精神上拯救我们。这是医务社工带给常老师和她老伴的积极信息。社工们想通过常女士的故事，倡导出一个有关"本真的存在"的哲学命题：本真的存在意味着你不但觉知到存在与死亡，也对其他永恒不变的生命特性保持警醒，而且能够更热切、更乐意去做一些有意义的改变。你会迅速承担起人类的基本职责，创造出一个投入、丰富、充满意义以及自我实现的真实人生。说得通俗一点，当直面死亡，有些人放弃了生活中无关紧要的琐屑之事，重新安排了人生的重心；他们主动选择不做违背心意的事情；他们花时间与至亲至爱更深地交流；他们对生命中原本平常的事物，比如变幻的四季、美丽的大自然以及节日或是新年的来临等等充满感恩。这也是常女士的故事能给大家的一点思索吧。

第二个故事

解开心结,完成心愿

> 我大一时,有个哲学老师,他给我们布置过一个作业。让我们为未来着想,他把这称为"遗愿清单"。
>
> ——《遗愿清单》

一

当生命走向尽头时,有时还有很多未了的心愿,还有很多放不下的情绪,很多没有处理好的工作或家庭关系……所有的一切都会让躺在病床上的患者心绪波动,无法释然。

在长宁区程家桥街道社区卫生服务中心舒缓疗护病房,医务社工们会耐心倾听患者的心声,尽力为他们实现合乎法理和情理伦理的心愿。

陈女士是一名卵巢癌术后患者,因"反复腹胀一年余,加重

解开心结，完成心愿

5天"于2017年2月27日住进长宁区程家桥街道社区卫生服务中心舒缓疗护病房。住院半个月后，感觉状态比较稳定就出院回家休养。在家休养半个月后，又二度来到了舒缓疗护病房。此时的陈女士，变得很虚弱，腹水已慢慢浸入了她的腹部，并严重影响到她的呼吸，讲话声音已很微弱。

"难道上天堂还这么难吗？"有时，陈女士会和医务社工感慨。对于死亡，她倒是相对坦然，只是家中还有一些事情让她放不下。

让她放不下的并不是亲人的温情，而是至亲之间的矛盾。"女儿要么不来病房探望我这个母亲，要来的话，就跟我谈关于房产转至她名下的问题。"陈女士生气地说。在他们的家庭里，母女、父女关系一度僵化，即使在陈女士病重的时候，也没有得到缓和。

医务社工们学习过家庭系统理论，他们始终坚信：1. 家庭成员的问题是整个家庭不良的沟通交流方式导致的。2. 家庭所面临的危机既是机会，也是挑战。3. 因"问题"而导致的家庭功能失调能够得到有效解决。

对于家庭成员来说，危机既是妨碍家庭生活顺利进行的障碍，同时也是家庭生活改善的重要契机。因为只有在这个时候，家庭成员才愿意关注相互之间的沟通交流，反思和调整自己的生活。医务社工们在病房探访时多次听到陈女士的抱怨，在了解她对于家庭矛盾的痛苦后，决定帮助他们改善家庭关系。

在理论支持下，医务社工们坚持兼听则明，除了听取陈女士夫妇的陈述外，他们还走访了陈女士的女儿、姑姑，从各方口中了解事情的原委，不让事实有失偏颇。他们还数次召集陈女士的家庭成员相聚在一起，召开家庭会议，让他们深入沟通，听到对方的声音。

在这些相聚和沟通中，社工们引导家庭成员们看到沟通方式中的问题，并且设法改变这样的沟通交流方式，让家庭成员之间（母女间、父女间）的问题得到解决，关系有所改善。

在医务社工和家庭成员的共同努力下，他们渐渐地统一了认识，化解了误会，消除了矛盾，家庭关系得到良性发展。

二

在家庭矛盾还没有得到有效解决之前，陈女士曾想要立个遗嘱，就自己的房产作个公证，全权交予配偶，女儿只有居住权。当时陈女士想让医务社工签字，作为见证人。

医务社工首先告诉陈女士，以这种方式来处理的遗嘱，没有法律效用。其次，医务社工开始了一系列的援助行动，分别向公证人、律师咨询了两种有效形式遗嘱，即自书遗嘱、代书遗嘱。

陈女士所要立的自书遗嘱，要求所有的字都必须是她本人写的。遗嘱内容里要写清楚财产具体如何分配，不能含糊，越细越好；最后要本人签名，并写上立遗嘱的日期。为保证遗嘱是本人书写或授意，要将书写过程进行全程拍摄，拍摄内容要包含本人书写的全景、书写近景、书写内容、最后的签名和日期,还有立遗嘱时身边的见证人,至少2个,没有利益关联。这样,这份遗嘱就生效了,且可证实是本人亲自立的;无需律师在场。医务社工将遗嘱生效的操作途径明确告知了陈女士。

另外医务社工向长宁区公证处打电话求助,希望能通过绿色通道,帮助解决。怎奈公证处的任务繁重,案宗已排到了年底。医务社工又电话联系上海手牵手生命关爱发展中心,希望能得到援助。

后来在医务社工的干预下,陈女士家庭成员们有了充分有效的沟通,家庭关系已得到良性发展。陈女士觉得,没有理由再立什么遗嘱来给女儿套上紧箍咒,于是主动放弃了立遗嘱这一念想。

看到立遗嘱的事情峰回路转,朝着积极的方向逆转,医务社工感到很兴奋。他们发现自己的工作为陈女士排遣了愁绪,解除了她心中的结,这已超出了立遗嘱本身的内涵。

三

陈女士喜欢照相,她常常主动要求和医务社工、志愿者一起拍照。为了使她能第一时间看到印在相纸上的自己的样子,医务社工利用公益项目经费,购置了照片打印机,及时冲印,然后送达陈女士手中。对医务社工来说,没有什么比满足患者的心愿更令人兴奋的事情了。对陈女士来说,这照片是她留在世上的精神象征。

病房探访时,陈女士说自己晚上睡不好,因为邻床的老太太哼唧哼唧个不停,医务社工想到在活动物资准备中已购置了耳塞,便马上取出送到陈女士床前,就为了陈女士能第一时间用上。因为医务社工知道,只有在安静的环境下,她才能休息好。

生命走到了最后,陈女士还有一个未了的心愿,那就是她的灵性需求。"灵性是人在生命过程中自我超越能力的表现,可藉由个人与自我关系、他人关系及信仰关系之交流,体会到生命意义与价值的过程。"陈女士笃信佛教,社工特地为她请了一位虔诚的信仰佛教的志愿者,为她祷告、祈福。某日,志愿者冒着滂沱大雨,走了很长的路,来到陈女士的病床前,虔心为她诵经、祷告、祈福,整个祈祷过程持续进行了两个半小时。祈祷完成后,陈女士眼睛里流露出的是满满的感恩,同时信仰的力量使她的内心更加宁静,那一天在祷告之后她安静地睡着了。对于晚期肿瘤病人来说,在病魔的折磨下,能安静地睡着,是一件很奢侈的事情。

对陈女士来说,在舒缓疗护病房她可以一件件地完成自己的未了心愿,让自己走得更为坦然。而对医务社工来说,每次为生命倒计时的人做的点点滴滴,都是一次灵魂的洗礼。

第三个故事

医务社工的"武器"

> 生命历程中的快乐或痛苦,欢欣或悲叹都只是写在水上的字,一定会在时光里流走。我们如果是有智慧的人,一切烦恼都会带来觉悟,而一切小事都能使我们感知它的意义与价值。
>
> ——林清玄

一

医务社工的"武器"有很多,除了心理学知识,他们还有很多其他的工具能帮助临终患者。

患者朱女士在被送入长宁区程家桥街道社区卫生服务中心舒缓疗护病房前,曾被某三甲医院医生预言:"她的生命在倒计时,可能看不到明天的太阳了。"当时她的情况很严重,她才50

岁,却得了左肺非小细胞癌,那天晚上她气急,喘得不行,送入医院急诊后就戴上了呼吸机。医生向家属坦陈道:"情况太不好了,建议考虑姑息治疗吧。看看有没有办法挺过来,如果不好的话,可能就看不到明天的太阳了。"

朱女士对尘世还有太多留恋的地方,她自己才退休两个月,"我原本约好小姐妹一起出去转转,以前只顾了上班,没好好地看看这个世界的自然风光。"她还有家人放不下,儿子还在读大学,丈夫还在上班为生计而奔波。就这么"走"了,她很不甘心。

或许是这份不甘心让她有了顽强的生命力,在戴了18个小时呼吸机之后,呼吸机总算被摘了下来。在长宁区程家桥街道社区卫生服务中心舒缓疗护病房,医生经过问诊、查体后,即刻医嘱,为病人平喘。护士遵医嘱,为她注射了平喘药物。她吸着氧,等待午夜。她终于挺了过来,看到太阳从东方冉冉升起。

原本家人都已经从四面八方赶来,准备和她说再见,看着她平稳了下来,心下甚是欣慰。她开始在舒缓疗护病房住下来,休养生息。

由于丈夫、儿子都有工作、学业要忙,有时病房里只有她一个人。病房探访时,医务社工看到她身边没有亲人,就给予了更多关注。朱女士在输液,不方便拿水杯,社工递给了她,并简略问起了她的一些状况。她的言语中有些懊恼:"我刚退休才两个月,就查出肺癌,我太大意了,没做CT,而X光拍片又没查出来。"

医务社工鼓励她:"你的意志力极强,所以挺了过来,看到太阳升了起来。你活在了当下。你有个在上外读大学的儿子,这是你引以为自豪的。你不让你老公来,为了让他干好活、上好班。所有的你都自己承担,你很了不起。"

二

朱女士住进舒缓疗护病房的时候正值夏末。那天,空气中有阵阵凉风,本来是很舒服的天气。但当社工踏入病房时,却看到朱女士站立在病床前。她有点喘,看上去很难受。那间断式的透不出气,正如一股无形的压力,朝着她奔来。医务社工尝试叫她慢慢地用腹式呼吸来放松,来驱赶压力。

"你来听指令,跟着我呼吸。"医务社工慢慢地说,"双手放在肚脐正下方;闭上眼睛,想象肚子里面有个气球;每次吸气,想象气球在充气;每次呼气,想象气球瘪下来。"

朱女士认真地按照指令,尝试做着,她很喜欢医务社工给她带来的这"迷你放松",隔一段时间就做一下,以释放前面那段时间积累的紧张。在她看来,医务社工给她带来了一次从未有过的全新体验。

又有一次查房时,朱女士的眼神中透出好奇和期待:"这次,医务社工会带来什么神秘'武器'呢?"好像是猜透她的心思似的,医务社工这次教她"冥想放松"练习。

"闭上眼睛,跟我一起放松,首先要祝福自己能抽出时间与自己的生命相连,现在让我们感觉一下自己全身的感受,看看身体内部有没有比较紧绷的地方,如果有,试着放松它,慢慢的、慢慢的,现在你能感觉到有一种放松的力量从我们的头顶缓缓注入我们的身体,越来越放松,我们的头完全放松了,我们的头发、头皮还有我们的脸都完全放松了。"医务社工在冥想的导入语的意境中,让朱女士开始了冥想放松之旅。

通过此种方法的练习,可以让感受者体验静谧、超然,慢慢地让自己进入一种宁静无我的境界。"慢慢吸气,慢慢呼气,吸气,呼气,吸,呼,吸入开心,呼出烦恼。在这平静的环境里,我感觉很舒服,很满足,现在我感到一股温暖的力量在我周身涌动……"

专业冥想的体验结束了,朱女士还沉浸在这股暖流中,久久不能自拔。她说:"这种感觉真棒,那么温馨,那么舒适。谢谢你们让我学会如何冥想。"

又有一次,医务社工在探望朱女士的时候,提起曾经有位患者,与她是同一病种,刚进来时的状况比她严重得多,后来通过做郭林气功,保持体力,最终打破了医生的预言,在安宁病房待了一年多。

听了社工的话,朱女士也很想尝试一下郭林气功。作为一名对生活还抱有留恋的人来说,任何有希望的,她都想搏一下,想让自己活得久一点。

那一年九月,长宁区癌症患者康复俱乐部的志愿者应邀来病房教朱女士做郭林气功,朱女士期待这一天很久了,在上课的时候,她非常认真,对生命充满了热情,任何对她健康有利的新事物,她都想尝试。这就像林清玄在作品中所说的:"生命历程中的快乐或痛苦、欢欣或悲叹都只是写在水上的字,一定会在时光里流走。我们如果是有智慧的人,一切烦恼都会带来觉悟,而一切小事都能使我们感知它的意义与价值。永远保持春天的心情等待发芽的人,才能勇敢地过冬,才能在流血之后还能满树繁叶,然后结出比剪枝以前更好的果实。"

第四个故事

时间没有剥夺人性之美

> 死亡是任何人都会恐惧的事情,但工作久了,和临终患者、家属有很多深入的接触、交流,我发现时间和自然的规律并没有剥夺走人性的美丽。
>
> ——医生札记

徐爱萍主任在长宁区程家桥街道社区卫生服务中心舒缓疗护病房工作了多年,她认为这里是她从医以来最有收获的地方。以下是她的叙述:

刚开始接手舒缓疗护病房工作时,还有点不习惯,毕竟死亡是任何人都会恐惧的事情。但工作久了,和临终患者、家属有很多深入的接触、交流,我发现时间和自然的规律并没有剥夺走人性的美丽。

时间没有剥夺人性之美

每一次在早交班之前,我都习惯先在病房走一圈,看一看病患经过了又一夜,病情会有什么变化。

当我走到1床的病床前,一个令人心恸的声音让我停下了脚步。"翠英,翠英,你睁眼看看我"。1床是一位72岁的女性,"脑动脉瘤破裂出血术后继发颅内感染",目前呈半植物人状态。我驻足床前,看着病人的丈夫不断地按摩妻子的脚趾、小腿、大腿,仿佛只有这样她才能醒来。我拍拍丈夫的肩膀,给予他些许的安慰。

她丈夫留有女人一样的长发,并将长发束起在脑后,这种打扮使他看起来比实际70古来稀的年龄,显得年轻很多。他告诉我:他与妻子本是高中同学,结婚有50个年头了,是小区里的模范夫妻。妻子30多岁时患重症肝炎,体质较差,一直是他做丈夫的在照顾她。妻子对他有一句很体己的话:"紧握你的手,紧贴你的心。"这次在跳广场舞的时候,妻子突然脑部肿瘤破裂,幸好救治及时,才没有当场走掉。听着病人丈夫祥林嫂般的絮叨,不知怎么,尽管早上的时间紧张,但我还是仔细地聆听了他的叙述,叙述他们夫妻间的情深意笃,叙述这人世间美丽绝伦的情感。此时此刻,倾听对病人家属而言本身就是一种疗愈。在我转身离开这床位时,意外中看到了病人眼角的泪珠。这泪珠,是对她丈夫温情呼唤的回应。她丈夫和我分享他那一厢情愿的判断,兴奋地说:"苍天有眼,我老婆恢复知觉啦!"

还有一次,当我在病房查房时,听到走廊的尽头传来一种类似昆虫的声音。声音错落有致,让人犹如置身于自然、田野。

走入病房,昆虫声愈发悦耳了。这是儿子给病床上的老先生带来的蝈蝈,他说:"让我家老爷子倾听大自然的声音,置身大自然的怀抱,忘了病痛。"

蝈蝈的叫声让人似乎忘了身在医院,而是置身于一个美丽的夏夜,身边有蝈蝈、蟋蟀和没有睡觉的青蛙、知了,在草丛中、池塘边、树枝上轻轻唱出抒情的歌曲。

儿子为晚期肿瘤患者的父亲营造出来自大自然的音乐,让老爷子生命的终末期,能沐浴在大自然的恩泽中,这是非常体贴的心思。

在病房里,总能看到这样一幕幕人性之美,而人性之美也是一名医生最应该秉持和贯穿职业生涯的本质。

第五个故事

他到底痛吗

对疼痛认识我们有几种误区：(1)认为癌症本身就具有疼痛，是不可避免的，是正常现象；(2)认为忍痛是一种美德，向他人述说疼痛是懦弱的表现。

王老先生家的子女非常孝顺，每天都烹调可口的饭菜拿来给他吃，蔬菜一定要新鲜而时令的；照顾老人的脏活、累活也都不假手他人，都是子女们亲力亲为；他们也会带来令老先生开心的小物件，照顾他的精神需求。

但是，有件事情他们很困惑，也不知道该怎么帮上老爷子。那就是他到底痛吗？该怎么知道他的疼痛？

王老先生是晚期胰腺癌患者，进入长宁区程家桥街道社区卫生服务中心舒缓疗护病房的时候做了专业评估：疼痛评分5

分,生存期评分45分。

子女每天陪护在病房,有一天王老先生的大女儿忍不住对医务社工说:"老爷子太坚强了,疼了也不吭声,自己忍耐着。我们该怎么知道他的疼痛呢?"

医务社工凑到王老先生跟前,问他:"老先生疼得厉害吗?哪里最痛?"他支吾着,因为病情,他已不能多讲话了。

见此情况,医务社工就对王老先生的子女们讲起了有关对疼痛认识的几种误区:(1)认为癌症本身就具有疼痛,是不可避免的,是正常现象;(2)认为忍痛是一种美德,向他人述说疼痛是懦弱的表现。

医务社工从办公室拿来一套关于晚期癌症患者照护的宣传册,《晚期癌症患者的关怀》《疼痛患者教育手册》《握着亲人的手安然离去》等,并告诉他的子女们:作为家属,主动参与照护亲人是对患者最大的支持与安慰。

由于王老先生不太能言语,所以医务社工提议家属可以通过老爷子每个时段的神情、动作了解疼痛的程度,便于更好地跟医生沟通,制订更合适的医疗方案,指导合理地使用止痛剂,从而缓解癌痛对患者的折磨。

"忍痛"未必代表"坚强",或导致"副作用"。忍痛是不人道的,作为医务社工,针对癌痛患者及家属的健康教育要走的路还很长,要从癌痛知识、止痛治疗方案及药物的正确认识方面入手,让患者舒服地走完人生最后一段路。

第六个故事

我们结婚 50 周年了

请别哭泣在我的墓前,我不在那儿,也没有远去天边。

——《千风之歌》

从三个月到一年半,对健康人来说,或许是匆匆的岁月流逝,但是对癌症晚期患者来说,增加的这些时间,不啻为一个生命奇迹。

黄阿婆住进长宁区程家桥街道社区卫生服务中心舒缓疗护病房的时候,病情诊断是子宫内膜癌术后肺转移,预计只有三个月生存期。谁能想到,本以为会在安宁病房度过人生最后时光的黄阿婆一年多后居然出院了,在 2017 年 8 月的周转出院小结中,在"治疗结果"一栏,医生勾上了"好转"。

是什么创造了这样一个医学奇迹?

刚入院时，黄阿婆的身体状况很糟糕，身体上有疼痛，心情也很郁闷，每天她都闷闷不乐的，为自己担忧。

虽然命运对她很不公允，但幸运的是，有一位相濡以沫的老伴陪着她。黄阿婆老伴退休前是某化工研究院的科技工作者，因曾被摩托车撞击而出了车祸，导致他腿脚不灵便，走路摇摇晃晃的。尽管行走很不方便，但他每天都来到舒缓疗护病房妻子的病榻前，给她喂饭、擦身、按摩。虽说有护工的照护，但他却要为老伴尽心，凡事都亲力亲为。

从配餐间的热水供应处到病房，只有十几步之遥，但他慢慢地要走好一段时间。手端着一盆水，颤巍巍的身影，让人动容。

老伴的悉心照顾，让黄阿婆心里暖暖的，而更令人欣喜的是，在病房，迎来了他们一个隆重的纪念日。8月的某一天，是黄阿婆和老伴的钻石婚纪念日，虽然他们低调而不张扬，但都神采飞扬，社工好奇地问他们："有什么高兴的事吗？"黄阿婆这才带着少女般的羞涩般说了出来："我们结婚50周年了。"

爱，很简单，只要每天都会彼此挂念，就是踏实的情感。家，很平淡，只要每天都能看见亲人的笑脸，就是幸福的展现。

黄阿婆的老伴虽然并不会说出"我爱你"这样的甜言蜜语，但他却用自己的行动表达着对爱人最真挚的情意，而这给了在病床上的黄阿婆无尽的温暖，也支持着她一起对抗病魔。

在家人生病的时候，最需要的就是这样的社会支持。"社会支持"理论指出，社会支持是由社区、社会网络和亲密伙伴所提供的感知的和实际的工具性或表达性支持。正向的支持关系包括亲戚、同事、朋友。这些人对于个人来说显得十分重要。亲密伙伴是个人生活中的一种紧密关系,关系中的人,认同和期待,彼此负有责任。按内涵分,可以分为工具性支持和表达性支持。其中表达性支持包括分享感受、发泄情绪、肯定自我与他人价值等。该理论的功能:A.社会支持的增加,会使人们的心理及心理健康显著提高;B.支持关系适时介入到有压力的环境中,可以预防或者减少危机的发生;C.适当的支持可以介入压力的处理,解决问题,减少压力所造成的不良影响。

  黄阿婆的老伴对她无微不至的关怀,是黄阿婆能坚持下来的源泉,也是社会支持理论的强有力的实践证明。

第七个故事

我没有别的要求，就愿他多来看看我

> 唯有活在当下的人才可以无事，每一刻都尽情地、充满地、没有挂虑地去生活，活活泼泼、欢欢喜喜、全心全意。
>
> ——林清玄

一

一个人的"自我"就像一座冰山一样，我们能看到的只是表面很少的一部分——行为，而更大一部分的内在世界却藏在更深层次，不为人所见，恰如冰山。

舒缓疗护病房医务社工常常要靠自己的观察，细心的体会穿透海平面，看到患者隐藏着的冰山。

那一天早交班的时候，护士重点谈到了某床位的胡阿姨，她的病情是"乳腺癌术后三年余，发现肺转移一年，双下肢乏力半月",门诊以"右乳癌术后伴肺、骨转移"收治入院。那天晚上她吵了一夜,不间断地按铃,很烦躁。主治医师的查房记录上写着:患者昨晚烦躁不安,情绪激动,腰背部疼痛难忍,NRS(疼痛评分)8分,予盐酸吗啡注射液5 mg。

连隔壁床位的病友都被胡阿姨吵得叫苦不迭,本已平稳的病情又旁生枝节,重犯了。

胡阿姨的表现很反常,在她身体不适的背后,社工隐约感到了她内心的呼喊,是不是她想说什么?

医务社工通过病房探访,走近了胡阿姨。她躺在床上,声音嘶哑,神情黯淡、疲惫。当医务社工询问了胡阿姨的某些情况后,她马上像找到老朋友一样,淋漓尽致地向医务社工倾述了她的郁闷、心结。她声带的不畅丝毫影响不了她对言语的发挥,这感觉就像久旱的天气遇到了甘霖。

二

胡阿姨拼命想要倾诉的,是她的家庭成员之间的财产纷争,以及她和老伴的纠葛。

从胡阿姨的倾诉中,医务社工大致知晓了一些情况。胡阿姨是拆迁户,按照政策,分到了相应的款项,家庭的成员进行了分配。可胡阿姨身体每况愈下,家庭中的成员觊觎她名下那份财产,由此而引起了纷争。听他们来到病房所说的各种直白话语,胡阿姨一下就明白了他们的心思,她感到心寒,索性缄口不言。

而对于老伴,她也有怨言。"老头子一辈子对家庭没怎么尽职,这是我心中的痛,我现在没别的要求,就愿他来看看我,多陪陪我,或者先找个保姆来日夜陪伴。"

面对胡阿姨的倾诉,医务社工在当下所能做的便是聆听、同理、共情,这让胡阿姨感到总算有人能明白她的心意,和她产生共鸣了。

之后医务社工找到胡阿姨的老伴,与他促膝谈心,告诉他胡阿姨的心愿:先请个保姆,日夜陪伴在她身边,老伴和女儿隔三岔五地来陪伴左右。人在生命的最后阶段,都希望能得到亲人的陪伴与呵护。老伴心里也有点抱怨,他说胡阿姨是得理不饶人的倔强脾气,所以两个人相处得不太好。

医务社工语重心长地说:在亲人的祈祷中,当她的生命之灯终于熄灭,她是带着安心与灿然的微笑走向另一个世界,而家人也带着舒心开始新的生活,今生没有半点遗憾。因为你的亲人是带着爱离开的。这是人生的一种境界,平凡而又温馨。

"爱,才是真正叫人愉悦的、对身心健康有利的因子,老先生,您说对吗?""如若换成躺在床上的人是你,你老婆不来看护,你做何感想?"语重心长的话语,再加换位思考,老先生听了,扑哧笑出声:"你这老娘舅算是做到家了。"

三

胡阿姨需要亲情,需要老伴的陪伴,医务社工利用社会支持体系,与胡阿姨老伴共勉。通过运用同理心的方式,让他站在"假如他躺在床上"的角度思考,这样就更能切实地感受到胡阿姨对亲情的呼唤。也许最质朴的东西最具有直面人心的穿透力,最终胡阿姨老伴承诺为其找保姆24小时陪伴左右,自己时常来照护他的妻子。

胡阿姨的老伴常常下午三点多来到妻子身边,到了傍晚还给妻子喂饭,喂好了饭才离开病房,尽起了一个丈夫应尽的职责。胡阿姨看着老伴一口一口地朝她嘴里送饭菜,不知怎么的,自己的胃口变好了,人仿佛也有精神了。

医务社工后来几次去病房探访胡阿姨,看到她整个人的精神状态不错,与她攀谈,感觉她平静而满足,不再有之前的怨气。医务社工来探望时,她都是笑着打招呼。当问起晚上的状况时,她抢在保姆前回答:"晚上我可是很安静的噢。"某日,医务社工看到了老先生陪伴胡阿姨,正拿一片削好的苹果往妻子的嘴里塞,非常温馨的一幕。

在社会生活中,人与人之间的相互支持对维系正常的社会生活是必不可少的,而人们生活中所遇到的许多问题往往也是由于缺少必要的社会支持而产生的。面对胡阿姨的困境,医务社工运用和改善社会支持网络,为满足胡阿姨对亲情的呼唤,解决她需要丈夫陪伴的需求做了很多的努力。由此安抚了一位在人生十字路口徘徊的患者的身心,使她在生命的最后阶段不再孤独、不再流泪。

第八个故事

对深爱的人说"谢谢"

> 在我生命垂危的时候,给你带来彷徨、害怕,甚至给你带来很多痛苦和担心。我真心地想说一声:谢谢你,辛苦啦!
>
> ——患者写给爱人的信

一

"在我生命垂危的时候,给你带来彷徨、害怕,甚至给你带来很多痛苦和担心。你每天坚持不懈来看望病中的我,你毕竟也70多岁了,天天坚持给我送吃的东西,一天都没落下。转院的时候费了很大的劲才找到有病房并能长期住的医院,就是现在的长宁区程家桥街道社区卫生服务中心。我真心地想说一声:谢谢你,辛苦啦!"

这封信来自舒缓疗护病房一位阿婆的口述。我们国人并不善于表达自己的情感，很多话都藏在心里，特别是对六七十岁的老年人来说，或许这辈子都没有向自己在乎的人直白地表达过情意，那阿婆是怎么鼓起勇气对爱人表白的？

其实，在她刚进入舒缓疗护病房的时候，连开口都很困难。因为那时她的喉咙处插着一根管子，说话很吃力，身体上还有造口和瘘口。由于病情严重，没有一家医院愿意收治入院，几经周折后才来到了长宁区程家桥街道社区卫生服务中心的舒缓疗护病房。

等她身体渐渐恢复，说话不那么吃力时，医务社工在病房探访时和阿婆聊天，意外地发现，她很愿意和人交流，并且说的每个字都能让人听得很清楚。

她说起上山下乡时去新疆，在那里认识了老伴，他当时是一名兽医，正在给小羊羔接生。阿婆一边回忆，一边露出了明亮的笑容。

二

医务社工每天都会去看望阿婆，但在探望的过程中也会有一点疑惑。明明阿婆和她的老伴彼此之间有很深的感情，但来的时候老伴却常常一个人站在走廊，两人之间并没有太多沟通。

怎么样可以拉近彼此关系，更能有效地陪伴呢？医务社工开始思考这个问题。

"我听了你的很多话都很感动,如果这些话让家人听到,不是更好吗?你想不想有一个机会跟家人们表达你的感情?"阿婆沉吟了一下后,重重地点了点头。那几天,医务社工和她"秘密"地商量着很多事情,根据她的想法,社工也忙着准备着。

在一个明媚的早晨,医务社工带着不同风格的贺卡、鲜花和彩笔来到了阿婆床前,她精心选出了送大女儿的花束和小女儿的樱花贺卡。阿婆想好了对女儿们的祝福,医务社工邀请阿婆最信任的冯医生将这些祝福语写了下来,让这张薄薄的卡片多了一份重量。

在家庭仪式前一天,阿婆收到志愿者送的信纸。这些信纸是让临终患者给自己亲爱的家人写信的,说出他们在生命最后时刻想表达的情感。

阿婆明白了信纸的用途后,有点疑惑,她给最牵挂的两个女儿的贺卡已经写好了,信纸还可以写给谁呢?"两个女儿都有了,那就写给老伴吧。要不写给你自己也可以啊。我可以把你说的话写在信纸上。"医务社工给她出了主意。

阿婆决定,写给那个在青春时代就认识的少年——一辈子都陪伴在她左右的老伴。当她开始口述时,医务社工突然想到大女儿正好在病房外面,如果让女儿写下母亲对父亲的深情,不是更富有意义吗?

在医务社工的邀请下,女儿进屋坐在母亲床边,一边听着母亲的言语,一边记录了下来。写完又念给母亲听,确保写出了她所有想表达的意思。

三

在一家团聚的短暂时刻，美好的仪式开始了：床位医生、护士、医务社工都来到了病房。轻柔的音乐响起，作为"总导演"的阿婆委托医务社工作为主持人开场，阿婆抑制不住激动之情首先表达了对冯医生的感激、信任和对医务社工的感谢。

之后她像变魔术一样，从枕头底下掏出了提前准备好的贺卡和信，贺卡上的每个字、每句话都发自阿婆的内心。

当大女儿念起阿婆写给老伴儿的信时："夫君（老头子）……"到第三句忍不住哽咽了，"在我生命垂危的时候，给你带来彷徨、害怕，甚至给你带来很多痛苦和担心……"

念完，一向沉默寡言的老伴儿走上前来，轻轻拥抱了阿婆。在场的每一位都红了眼眶。阿婆说："月亮代表着我的心，今天这些玫瑰花代表母亲对女儿、对家人的爱。"冯医生握着阿婆的手，大家上前一起唱起阿婆"钦点"的歌曲《爱的奉献》。

当阿婆勇敢地完成了"爱的告白"后，在场的医生、护士、医务社工、女儿、老伴儿……每个人依次上前给予内心的祝福。

此刻，仿佛没有了职业之隔，大家的心紧紧地连在了一起。

日本有一位年轻的临终关怀护士大津秀一，他在亲眼目睹、亲耳听到1000例患者的临终遗憾后，写下了《临终前会后悔的25件事》一书，其中一个遗憾就是没有对深爱的人说声"谢谢"。

阿婆在病床上填补了这个遗憾,她对老伴说出了"谢谢你"。这一幕也让舒缓疗护病房的医务社工王丹很有感触,她在那一天写下了这样的文字:"生活在这片土地上的人,往往习惯了将感情深藏心中。于是,便有很多来不及说的话,来不及表达的爱,成为了永远的遗憾!让患者打开内心表达爱,更是一件不易的事。唯有生活在他们周围的每一个人,真心相待,将心比心,谦卑地生活在他们身边,才能让每一位生病之人感受到尊严、体会到爱,进而才有勇气和能量表达爱!"

第九个故事

又见长发飘飘的妈妈

> 请记住我吧,虽然我要说再见了。记住我,希望你别哭泣。就算我远行,我也将你放在心里。每个分开的夜晚,我都要唱一首秘密给你听。
>
> ——歌曲《Remember me》

一

拥有一头乌黑的长发是每个女孩的向往,然而对于脑肿瘤晚期的患者而言,是多么遥不可及的梦想。

在长宁区程家桥街道社区卫生服务中心的舒缓疗护病房,脑肿瘤患者基本都是一种模样,因为肿瘤晚期颅内压增高及使用激素类药物,他们的脸都是圆圆的,脑袋光秃秃的,乍一看,你几乎分不清是男是女。

在经过常人难以想象的手术、化疗、放疗后,曾经的美丽变成永远的回忆,这既是一种残酷又是一种无奈。

王女士就是其中一位,当医务社工吴冰初见她时,只见她安静地躺在病床的一角,一如吴冰记忆中的其他脑肿瘤患者一样,脸色苍白,一双呆滞的眼睛无神地望着窗外,无视病房其他进进出出的人,仿佛这世间的尘嚣与她毫无瓜葛。

每次吴冰来到病房,王女士的床帘大部分时间都是拉上的,一个人静静地躺在那里。吴冰试图和她沟通,她总是面无表情地说上一两句。偶尔能看到有个男人来看她,但也只是稍坐片刻后便匆匆离开。

吴冰感到有点奇怪,渐渐地她从护工阿姨嘴里了解了王女士的一些情况。

王女士刚满四十岁,由于夫妻二人都是新上海人,所以在本该生育的年龄选择了打拼事业,好不容易生活安定下来想要有个孩子时,却发现自己早已过了最佳生育期,几经折腾,直到两年前才刚刚生下一个女儿。原以为幸福的日子离自己越来越近时,殊不知命运与她又开了个玩笑,在孩子还不满周岁时王女士被查出患有脑胶质瘤,辗转于多家医院之间,手术、化疗、放疗、伽玛刀,用尽一切可以做的治疗后,虽然命保住了,但医生说这病预后不好,很多病人在一两年内都会复发或转移,能平安度过五年的少之又少。

果然,一年后,王女士的肿瘤再次发作,并转移至颅内其他部位,为了减轻家庭负担,她毅然决定入住舒缓疗护病房。由于孩子还小,目前由婆婆照顾,丈夫工作很忙,所以平时也很少来看望她。

护工阿姨说:"我经常看到她翻看手机里女儿的照片,边看边流泪,看着让人心疼。"

二

有一天,当吴冰做病房探访时,看到王女士拿出手机翻看照片,她走了过去,问:"这个长发飘飘的美女是你吗?"王女士点了点头。

"手上抱着的一定是你女儿吧,好可爱啊!长得真像你"。

说起女儿,王女士打开了话匣子:"是啊!跟我小时候长得一模一样。"说着,她的脸上露出了幸福的笑容。这是她入院以来吴冰见到的第一个笑容。

"可惜,我还从没听到过她叫我一声妈妈呢。"

"为什么没呢?可以让她爸爸把孩子带来。"

"不。不。看到我这样,孩子会吓哭的。"还没等吴冰说完,王女士发了疯似的大叫道,"我不想让她看到我现在的模样。"说完她扭过头,闭上眼睛不再搭理吴冰。

吴冰不知道再说什么好,回到办公室后,她久久不能释怀。"怎样才能帮助她完成最后的心愿呢?被病魔长期折磨后的她连自己都嫌弃,更何况是孩子。每个母亲都希望把自己最美好的一面留在孩子的脑海里,王女士也不例外吧。一定有办法的。"吴冰在心中暗暗对自己说。

当天,她通过电话联系到王女士的丈夫。

"我是长宁区程家桥街道社区卫生服务中心的医务社工,您妻子现在的病情您清楚吗?"

王女士的丈夫在那头回复道:"是的,医生都告诉我了,只能活一天算一天了,我无能为力了。"

"不,您还可以做很多,虽然您不能延长她的生命,但至少可以在她生命的最后阶段多给她一点亲情,多一些陪伴。"

"但我很忙,没时间。"

"工作永远做不完的,家人才是最重要的,特别是她们有难时我们更应该做到不离不弃。"

听到这里,电话另一头沉默了许久,"好吧,我会多抽时间陪她的。""还有一件事拜托您,这个周末可以把孩子一起带来吗?"吴冰接着说。

"好的,我知道该怎么做了,谢谢你。"

听到电话那头的许诺,挂上电话的那一刻,吴冰的内心有种说不出的欣慰感。

三

很快就到了周末,吴冰早早来到病房,"这是送给你的,打开看看。"一进门,她就对着躺在床上的王女士说。

又见长发飘飘的妈妈

"给我的吗？是什么？"王女士很诧异。

"看看就知道了。"吴冰笑着说。

在王女士慢慢打开盒子的瞬间，一头乌黑的长发映入眼帘，她有点不相信自己的眼睛，"这是……"

吴冰介绍说："是的，这是假发，现在很多人都戴这个，是时尚。来，我帮你带上试试，然后再化个妆，保证还像以前一样美美的。"边说吴冰边忙活起来，一个多小时后，当把镜子递到王女士面前时，她愣了半天。

"这是我吗？真不敢相信。"望着眼前的自己，王女士流下了激动的眼泪。

惊喜还在后面。

"你看看门外是谁啊？"吴冰边说边指向门外。

只见王女士的丈夫抱着孩子走了过来，"宝宝，来叫妈妈。"丈夫把孩子抱到妻子床边。"妈妈。"孩子怯怯地叫了声，虽然声音很小，但大家却听得很清晰。

后来发生了什么，吴冰并不知道，她只记得，当时她擦了擦眼角的泪水，悄悄关上房门离去了，给王女士一家三口一个安静而不受打扰的空间。

两周后，王女士在丈夫的陪伴下走完了人生的最后一程。至今吴冰清晰地记得那天天空格外晴朗，阳光透过窗户洒向病床，王女士一如往常一般安静地躺在病床上，仿佛睡着一样，微风将她的长发轻轻吹起，发丝在阳光的映衬下，美如梦境一般。

第四篇
死亡是一道必答题,生活是它的选项

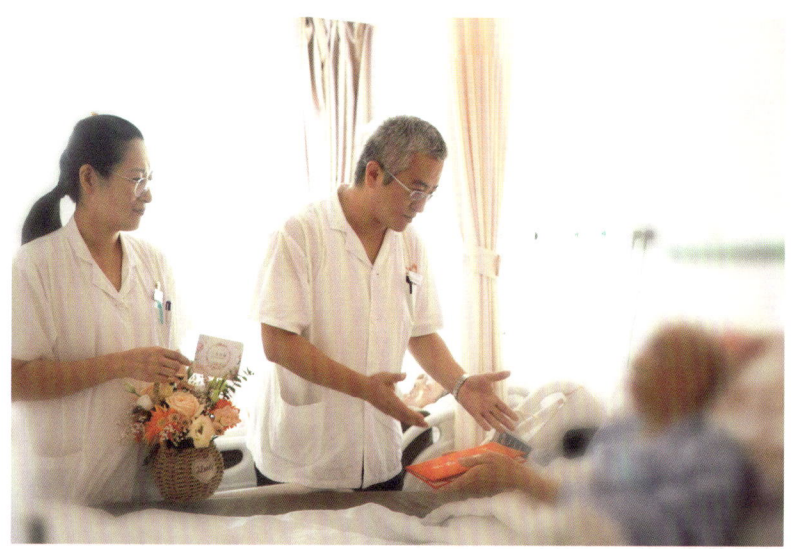

■ 中心领导对遗体捐献者表达感激之情,并送上鲜花及捐赠证书。

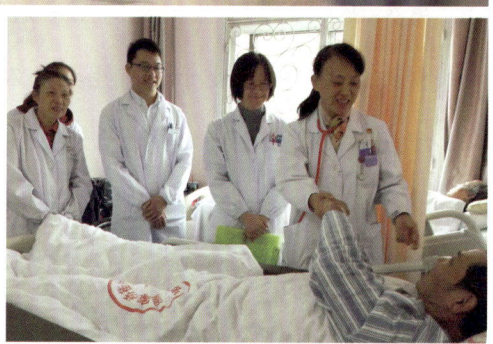

■ 跨学科团队查房与患者互动场景。

第一个故事

"老克勒"的《小城故事》

> 患者和健康人之间的差别之广无可言说。羞耻、愤怒、失落、恐惧揭开了他们之间几乎无法逾越的鸿沟。但他们需要感觉到自己处于没有生病的人当中,他们需要在某种程度上继续做生病之前的自己。
>
> ——《叙事医学:尊重疾病的故事》

"我就不明白啦,我注意养生,喜欢运动,性情开朗,怎么竟然也得了癌症。"陈老先生今年86岁,但看上去只有60岁出头。身高1米78,面容清瘦,仪表堂堂。从他优雅的气质中,我们一眼就看得出,这是一位上海"老克勒"。

可是此时此刻,这位"老克勒"遇到了想不通的问题。他的神情哀怨、无奈,垂头丧气。他两年前查出胃癌,做了手术。这

"老克勒"的《小城故事》

次是因为术后复发来到长宁区程家桥街道社区卫生服务中心舒缓疗护病房。"自从发病两年来,人身上的难受、心里的痛苦,别人是理解不了的。"他断言,"在这儿,就是两个字,等死。"

每天故作轻松的话语掩盖不了他对死亡的恐惧与痛苦。在他最沮丧的时候,遇到了不放弃他的医务社工。他们愿意听他的故事,请他讲当年的风光往事。这引起了陈老先生的兴趣。"长艺书场你们听说过吗?就是安龙路艺术剧院那里,那里面可热闹了!吹、拉、弹、唱、跳什么都有,说书的、说评弹的、跳舞的,闹猛得不得了。"讲起当年的往事,"老克勒"的脸上浮现出兴奋的光彩。他告诉医务社工,他生病以前,在长艺书场可是有长租座位的,每个月付120块钱。

"我原本是个很活络的人,我喜欢参加各种活动。"在医务社工"叙事疗法"的疏导下,老人很动情地回忆他的过往,渐渐走出了忧郁的死胡同。旁边照顾的女婿也一个劲儿地夸赞岳父八十几岁了还能跟上时代潮流,玩手机都能玩得很溜。

第一步打开心门成功以后,医务社工和志愿者策划着再为陈老先生组织一个专属的活动,巩固"战果",想办法重新激起他对生活的向往。他们想到了"K歌"。说干就干,很快地,"在一代歌星的歌声中"活动组织了起来。邓丽君的《小城故事》《北国之春》、费玉清的《一剪梅》、张明敏的《我的中国心》,这些都是陈老先生喜欢听和喜欢唱的歌,这一代歌星曾伴随着他某个阶段的人生轨迹。陈老先生和围绕在他床边的医护人员志愿者、康复师、医务社工、志愿者,一起唱起了一首首经典老歌。

  歌一首接一首唱着。唱着唱着,老人的眼睛湿润了。苏珊·桑塔格说,疾病是生命的黑夜,是一种更沉重的身份。病痛与折磨让曾经的"老克勒"忘记了自己原本的模样,而来自陌生人的关怀,那些每个星期二定时响起的爱与美的歌声,让他仿佛在一瞬间寻回了生命中前八十年潇洒而健康的生活热情。也许死神终将来临,但勇敢地活在当下,谁说不是这个一辈子热爱生活的"老克勒"最有腔调的一面呢?

第二个故事

余生，让我的爱伴你前行

"我爱你"是三十多年的相依相守，彼此却未曾说出口。

妻子把它融进可口的饭菜里，丈夫则把它藏在悄悄凝望的眼神中。如果时日无多，请让她知道，你有多爱她。

——医务社工札记

一

对邹女士而言，世界再次坍塌了。

十多年前，那个灰暗的时刻，他们失去了唯一的女儿。这是邹女士心上永远无法愈合的伤疤。

没想到仅仅过了十几年，丈夫袁先生又因为晚期骨髓肿瘤住进了长宁区程家桥街道社区卫生服务中心的舒缓疗护病房。

女儿去世给这个家庭带来极其沉重的打击，丈夫是她生活唯一的支柱,现在丈夫也身患绝症,她觉得天快塌了。但她把悲伤、绝望和对未来生活的恐惧都悄悄地压抑在了自己心底,每天都来医院,无微不至地照顾着自己的丈夫。每天养生的食谱、水果变着花样地给他调理,病房里所有人都为她竖起大拇指,夸她贤淑、温良。

在丈夫面前的邹女士,每天都是笑吟吟的,但是她却会在医务社工办公室,在没有人看到的地方崩溃大哭。她痛哭着告诉医务社工,朋友曾经做过一个梦,她离世的女儿托这位朋友去家里看看爸爸妈妈,"笑笑(女儿)说,怎么家里竟然没有人?"

医务社工理解她的痛。原本幸福安稳的三口之家,女儿离世,丈夫又面临生命的倒计时。所有重担都压在这个女人的肩上,女本柔弱,她却找不到一个可以痛快流泪的地方。匆匆擦干眼泪,她还要去照顾病榻上的丈夫。

二

医务社工对这个家庭的关注,不是心理咨询师般正式一对一的心理疏导,更多的是日常服务中看似不经意的聊天、倾听及朋友间的约定。无论是结伴旅游的许诺还是一杯咖啡的安慰,都让邹女士鼓起勇气发现生活中的其它色彩。

当然,在这其中,最重要的人,就是她的丈夫袁先生。因为重病的关系,袁先生时常表情淡漠。但是医务社工与他沟通时,发现他其实把妻子为他所做的一切都默默记在心里,而且时时感恩。社工得知袁先生快要过生日了，跟他商量好，让他趁此机会，向妻子表达自己最真实的爱意。

袁先生生日那天一早，邹女士就买好了大大的蛋糕，送到丈夫床前。社工也把办公室的鲜花、准备好的寿星帽拿来，大家一起围在病床前唱"生日快乐歌"，在歌声中，袁先生双目紧闭，双手合十，虔诚地许愿。

许完愿，社工悄悄"暗示"袁先生，还有一个重要的环节。但是袁先生并没有表白，而是亲了一下妻子的额头。

没想到，一个小小的温柔举动，却让邹女士泪流满面，她终于靠在丈夫的身边，对他说："没有了你的日子，我该怎么办？"可是病床上的丈夫回答不了这个问题。他只能用力握着妻子的手，用眼神传递自己的爱与无奈。

三

转折出现在"三八节"的那天。

也许是生日当天妻子的泪水触动了袁先生。在"三八节"前的几天，他提出了希望医务社工帮助他表达自己对妻子的情感。他们是结婚三十多年的传统夫妻，开口表达爱意从来不是一件轻松的事情。但是，作为丈夫，袁先生希望妻子知道，不管未来如何，他的心里永远爱着她。

这天一早，邹女士一如往常般在医务社工的陪伴下来到病房，谈笑中忽然看见袁先生从被窝里拿出一盒精致的玫瑰花。

随即，音乐响起。在《最浪漫的事》的歌声中，袁先生深情地说："就算我不在了，你也要好好地生活下去。我会一直在你心里，永远陪伴着你。"短短两句话让现场所有人感动得流泪，接着他拿出早已准备好的护手霜，用微微颤抖的双手慢慢打开，一点一点为妻子涂抹在手上。时间仿佛在这一瞬间停留。在惊喜、感动、不舍交织的病房中，妻子泪流满面，紧紧攥着丈夫的手久久不肯松开。

这是结婚三十多年来丈夫第一次对妻子进行爱的表白。从那以后，邹女士更加积极地面对生活。在三月进行的学雷锋公益义卖大型活动中，邹女士帮着医务社工部忙前忙后打包搬运义卖物品。活动现场，邹女士看到一条心仪的丝巾就立刻买了下来，第二天，她美滋滋地戴着这条丝巾，走到丈夫的病床前，悄悄地问："阿三，我好看吗？"娇俏的吴侬软语融化了丈夫的心。看着妻子快乐、阳光的身影，丈夫心间的阴霾也一下子驱散了。"如果哪一天我的生命走到尽头了，我想我可以安心地离去了。"丈夫不无感慨地说道。

对每个人而言，死亡都是不可避免的。因为万物皆有死，生才更有意义。《入殓师》中说，死是一道门。它隔绝了门两边的人，让亲人、爱人、用心牵挂的人彼此音讯全无。但那些相依相伴的岁月、那些岁月中沉淀下来的爱，将永远留在活着的人心中，成为他们前行的依靠与陪伴。

死是瞬间，而爱永恒。

第三个故事

生命，以另一种方式延续

　　一个人可能会从分隔健康人和患者的山峰这一侧迅速跌落到那一侧，也可能被长年的、无声的、一个细胞一个细胞慢慢发展的病变而最终变成一个有癌症的人。

　　如果诊断出患有严重疾病，一个人的世界就发生了改变，不仅是日常生活中肉体上的变化——疼痛、吃药、必须穿便鞋了、必须坐轮椅了，更重要的是深层的意义变了——现在生活中有了限制、悔恨、被迫分离，并且要做生命终结时的打算了。

　　——《叙事医学：尊重疾病的故事》

一

　　"我是一个非常独立的人，一辈子不求人，我根本不相信自己哪一天会生病。但现在还偏偏寸步离不开护工阿姨的照料,处处都要求人。"陈先生是"老三届"知青,年轻时候身体很好,在吉林插队落户。他一直很相信自己的身体状况,认为自己"基因好",即使住在长宁区程家桥街道社区卫生服务中心舒缓疗护病房,他仍然相信,凭他的身体,再活个两三年是绝对没有问题的。

这样一个乐观、自信的人却面临着疾病对身体的侵蚀。肿瘤已压迫了他的腰椎,使他的腰部相继受损,只能卧床不起。"我现在是走不到阳光下啰。哪怕对坐着轮椅的人,在阳光下被人悠闲地推着,我都好生羡慕的。"

陈先生与妻子膝下无子嗣,原本夫妻双双潇洒度日,家里养了一只狗。没有儿女,陈先生就把狗当孩子一般精心喂养,照顾得无微不至,不仅注意营养,狗狗生病的时候也不遗余力地带它看医生、细心照料它。这样平静安逸的日子,直到有一天,被罹患肿瘤的一纸诊断书打破,陈先生不得不开始思索身后的事情。"一辈子要强,就算走了,也不想麻烦人家。如果这一天真的来临,不告别、不开追悼会。"他这样跟社工说,"西裤、衬衫、旧皮鞋是我平常穿的,也是我走时的一身行头。"旷达、爽朗,陈先生就是以这种轻松和平常心面对死亡。社工伸出大拇指,对他的豁达投以崇敬的目光。

对死亡思索得深了,陈先生萌生了"遗体捐献"的念头。这个念头把亲友吓坏了。中国人讲究"礼有五经,莫重于祭",如果一个人死去以后没有坟墓,对亲朋好友来说,连一个悼念的地方都没有了。而且，亲友们听说，捐献的遗体是拿去给医学院的学生上解剖课"练手"用的，"你不怕解剖的时候人家在你的身体上动刀吗？"不少亲友纷纷劝阻他。陈先生笑笑说："人死了就什么都不知道了，尸体不解剖，也要火化的。有什么可怕的，难道尸体还有灵性不成？"在他的影响下，身体很好的妻子也认可了"遗体捐献"的决定。终于有一天，陈先生夫妻双双去居委会填写了遗体捐献申请表。

但是，几个月过去了，陈先生夫妇一直未收到回信。他心急如焚：难道他的心愿就那么难以实现吗？假以时日，死亡来临，谁来保证他心愿的执行，使他的遗体顺利地为医学事业服务呢？他越想越不是滋味，越想越坐不住了。他将他的遗体捐献心愿尚未落实的揪心事一股脑儿地向医务社工作了倾诉。医务社工部负责人随即与长宁区红十字会遗体捐献经办人取得联系，核实陈先生的信息后，火速为陈先生夫妻在长宁区红十字会进行了登记、造册、信息库的录入和取证。

长宁区程家桥街道社区卫生服务中心还为陈先生夫妇举行了一个庄严的遗体捐献证书赠予仪式。中心党支部书记和中心主任向陈先生夫妇送上了鲜花，以表达对他们的崇敬之情。陈先生拒绝了一切拍照和宣传，"我们一辈子对国家没做什么贡献，咱最后为人类的医学作一点贡献吧！"这是这对普通夫妻对自己祖国朴素的大爱。

二

2018年8月18日,长宁区程家桥街道社区卫生服务中心大门前迎来一辆"特殊"的车辆,工作人员递给门卫一张《捐献遗体接受证明》。他们带走了舒缓疗护病房黄先生的遗体,使他的生命以另一种方式延续,重新开始。

"我期望,能被这个世界温柔善待,一颗心能温暖另一颗心,一片叶子能欣赏一朵花的妩媚,一片云能读懂风的轻盈,我喜欢这个尘世的明媚,朝阳总能赶走黑夜的寒凉,最美的风景,总会在前方……"这是黄先生的妻子保存的丈夫生前喜欢的句子。这些句子体现出了黄先生对生命的感悟、对爱的理解。

黄先生住进长宁区程家桥街道社区卫生服务中心舒缓疗护病房以后,才办理"自愿捐献遗体登记手续"的,而促成他完成这一善举的,是他在舒缓疗护病房度过的日日夜夜。无痛化治疗、舒适护理、爱心陪伴、志愿服务……医护人员所有默默的付出令他感动。他感受到了生命终点的关爱,感恩的情怀时常在他心中升腾。在他生命终结的最后一刻,决定无私地奉献出自己的遗体,为医学事业的进步作出自己最后的贡献,他的这种大爱,让生命永恒。

遗体捐献是一项自愿的、无偿的社会公益事业,其宗旨是为了我国的医学教育和科研事业的蓬勃发展,也为一些器官丧失功能者提供"重生"的可能,使他们枯萎的生命得以延续,让爱的种子在另一个生命中生根、发芽。这是一项造福人类、有利于子孙后代的善举,是人类进步、社会文明的体现。

根据媒体报道,2000年12月,上海市人大审议通过了《上海市遗体捐献条例》,成为全国第一部有关"遗体捐献"的地方性法规。根据上海市红十字会的统计,截至2018年底,全市累计登记捐献遗体、角膜共51912人(遗体41415,角膜10497),累计实现捐献11546人(遗体10841,角膜705)。登记数与实现数均约占全国的三分之一。

第四个故事

放下一切,轻松地走

> 疾病最严重的结局是死亡,但如果患者看透了死亡,就不觉痛苦。疾病带来的痛苦主要是疼痛和悲情,是心理上的主观感觉。可能有的病人看好了病,心理上仍然感觉痛苦;但有的病虽然看不好,慢慢解除了病人的恐惧、恐慌,反倒不那么痛苦了。所以叙事医学是与医学人文紧紧连在一起的。
>
> ——《叙事医学:尊重疾病的故事》

一

"曾几何时,我无数次地憧憬过共和国正在建设中的第一个核武器研制、试验基地,憧憬过抚摸天边就要升起的那朵红色蘑菇云,也无数次地憧憬过用自己的纤手撩开它神秘的面纱。当年的金银滩上的核工业第××××厂是蘑菇云升起的地方。虽然地处高寒,甚至是人类的生命禁区,但是,许多热血青年学生都向往那里,有如当年的人们向往延安。投身祖国的核事业,成为它的建设者,是我无上的光荣。当我老了,当我生命走到了尽头,回忆这一幕,仍然感到热血沸腾。"她是北京人,丈夫是上海人。他们夫妻二人为了祖国的核事业,把青春和热血洒在了祖国的大西北。晚年退休了,回到上海,却在两年前被确诊为"胃弥漫性大B细胞淋巴瘤"。现在,她的胃淋巴瘤脑转移,压迫了吃喝与说话的神经,饮水呛咳,声音嘶哑,咽部吞咽困难伴分泌物增多。尽管她努力使劲往下咽,但连口水也咽不下,鼻子像人淹水的感觉,特难受。舌头都仿佛短了一截,刷牙时,连漱口都不行。医生说过,如果喝水会往上冲,会有呛咳致死的生命危险。只能依赖外部营养维生,让她很无奈。

但她努力把自己身后的一切事情都安排好,包括为老伴找好了养老院。"死是早晚的事,没什么想不开的。如果身体状况转好,我会坚持的。但如若不好,我已做好家人的思想工作了,我不想被抢救。家人同意我这种做法。"安排好所有事情的她,终于可以以一种明媚的心情去迎接每一天的到来,去直面亲朋好友的悲伤与不舍。

她说,"假如生命可以重来,她不希望孩子再在爷爷奶奶身边长大,而缺失父母的陪伴与亲情,我更喜欢寻一处幽静处,放慢匆匆前行的脚步,静静地欣赏一段音乐,欣赏一片蓝天白云。

心,总会在放松中豁然开朗,神思也会在欣然中恬淡。静静地欣赏一段文字或音乐,你便会有一种入境随俗的心性。静静地欣赏,是一种独特的享受,享受使人变得快乐;静静地欣赏,是一种淡淡的芬芳,芬芳让人陶醉……站在红尘之外,静赏繁华,素笺心语,只做自己,欢乐也好,忧伤也罢,都于静静的欣赏中,淡作云卷云舒,化为回眸一笑。"

二

有一位患者记录了自己亲眼目睹的对面病友"走"的那一刻:

在一个大房间,中间有个宽宽的过道,墙两边分别是病床,就在我斜对面的那张病床上的他,一个住院很久的病友,在一个恬静的傍晚'走'了,很平静地"走"了,走前照样吃着东西,照样与老婆、女儿说着话、告着别,很普通的一句:对不起,我要走了。病友平静、淡定,仿佛谈论邻家、亲属,亦没有过多地煽情。这个场景印在我的脑海中,不为别的,只为日后的我。我忽然想明白了医务社工与我分享的关于死亡的理念:死亡原来是一个很自然的过程,没有什么好惧怕的,它也属于生命构成的一部分。死是人之生活的中止,但生命可以永存。我们所说的尊重生命,也包括尊重死亡。其实,每个人从出生到离世,都是一个必经的过程,没有谁能不经历死亡。既然是我们必须经历的一个过程,不如坦然一些。过好当下的每一天,让自己是开心的、充实的，没有紧张和惶恐，那么即使明天将迎来死亡，我们也不会觉得遗憾。

三

"我老伴得这病，我很难过。"一位长者心情沮丧，边上的女儿甚感无助。新入住的8床老伯，86岁高龄，肺恶性肿瘤，入院的当天，得知我们这里有医务社工，他女儿就急急地跑来，希望医务社工能帮助其母亲摆脱情绪困扰。虽然父亲已步入高龄，生命也将终结，但对于相伴半个多世纪的母亲而言，这份情感太难割舍。

医务社工开始经常跟老太太聊天："阿姨，我知道你们生活一辈子，共同哺育儿女，相濡以沫，彼此都舍不得。每个人生命里都有属于自己的巅峰，也会在某个时期跌落、归零。"渐渐地，阿姨也敞开了心扉："我明白，我只是希望他能安详地度过，少受痛苦。""阿姨，那是当然的。我们提供的舒缓疗护服务，就是帮助患者减少痛苦、平静安详地度过人生最后一段，我们也会根据患者及家属的意愿，做好医疗、护理及生活上的照料，同时，我们每天也有医务社工和志愿者到病房陪伴老先生，减少他心理上的恐惧、害怕。"听了医务社工的话，她的眉宇舒展了。

在以后的日子里，医务社工每天都会到老先生身边，给他戴耳机听听音乐、聊聊天、回忆过去的点点滴滴，看到老先生日趋从容、平和的心态，家人焦虑的情绪也渐渐得到了缓解。

四

　　这是一位患有脑胶质瘤的患者,在患病的整整7年时间里,经历了两次开颅手术,无数次的化疗、放疗、伽玛刀等治疗后,癌细胞还是再次侵犯并累及到脑神经等其他组织。剧烈的头痛、频繁的呕吐、双眼视力模糊,让她生不如死,每次看着女儿身受病痛折磨时,母亲心如刀割。在走遍大大小小医院、无一家医院可以收治的情况下,万般无奈的母亲带着女儿来到了长宁区程家桥街道社区卫生服务中心的舒缓疗护病房。经过医务人员的精心照料,女儿的症状得到了有效的控制,每天坐在床上和周围人有说有笑。但好景不长,半个月后的一天,由于肿瘤肆意压迫,她再次倒下。"现在她看起来很安详,没有任何痛苦,仿佛睡着了。"母亲的内心宁静,没有往日的忐忑不安。"也许这样的结果,对她而言是最好的。"母亲见着医护人员,或者见着医务社工,常这样讲。这是她的心里话,实实在在。因为这里有医护人员的坚守,有医务社工的付出。曾几何时,医生、护士、医务社工、志愿者,这些默默守护在女儿身边的每个人,都让她没齿难忘;在医务社工的引领下,在这舒缓疗护病房里,母亲确确实实地感到了一股力量,正是这股爱的力量,支撑了她的整个生活。

第五个故事

让她的信仰支持她的生命

> 他使我躺卧在青草地上,领我在可安歇的水边;他使我的灵魂苏醒,为自己的名引导我走义路。我虽然行过死荫的幽谷,也不怕遭害,因为你与我同在;你的杖,你的竿,都安慰我……
>
> ——《圣经》

在没有信仰的人眼中,信仰是一件很难理解的事,而对有信仰的人而言,也许那是她的精神支柱。长宁区程家桥街道社区卫生服务中心舒缓疗护病房日前收治了一位老年女性胰腺癌患者,剧烈的癌痛爆发让她紧锁双眉,心情沉重。尽管主诊医生通过无痛化治疗方案,缓解了阿婆的疼痛,但似乎阿婆仍然还有明显的不适,让医生产生了困惑。细心的医务社工发现,阿婆的痛,一半在身体,一半却是源于心里对未知命运的恐惧。

从家人那里了解到阿婆是一位虔诚的基督徒,与她有同样信仰的医务社工坐在她床边,为她读经、为她祷告。于是,我们看到了这样的一幕:在虚弱的病人病榻床沿边,一位年轻的女孩拿了一本简装本的《圣经》,翻开其中一页,聚精会神地为阿婆诵读着,她靠得很近,生怕阿婆听不清,并拉着阿婆的手。护士来换吊针,医务社工问是否要停一下祷告,阿婆舍不得停下半刻,坚持边换吊针,边听读经。

阿婆告诉医务社工,她自小受父母耳濡目染,听着福音长大。尽管之间断断续续,但一直没忘记。精神的力量"治愈"了阿婆,她脸色一天天红润起来,连她女儿也很惊讶。

为如此虔诚的案主做灵性方向的服务,医务社工还是头一回,她为此而感到兴奋。在与阿婆的沟通及服务中,医务社工很好地诠释了作为一个关怀者的全部内涵。她本人也深切地体会到:最符合人性本质和人道主义精神的优死形式,就是临终关怀,它以人道的关切向濒临死亡的人献上一份爱心,使他们安宁舒适地告别人世——这是生命神圣的最好体现。

如何能把阿婆的灵性需求服务做得完美呢?医务社工铆足了劲,做足了功课。从案主灵性需求的社会工作背景及理论、实践的内涵、灵性需求的具体辅导过程到诗歌是如何吟唱,吟唱时医务社工凝视案主的神情是怎样感染到对方,再到案主是否真的从灵性服务中得到心灵的慰藉及灵魂的安祥……诸如此类的问题,将年轻医务社工的能量全部激发了出来,且在医务社工的实务中,得到历练及升华。舒缓疗护病房里的轻音乐很悦耳,但阿婆床边的医务社工吟唱的诗歌更柔和,阿婆听得心驰神往,阿婆的女儿屏神敛气,走廊的人驻足倾听,这世界如此之祥和。

阿婆每日翘首期盼着"祷告"这个很有仪式感的珍贵时刻,"即使明天我将离去,我也没有遗憾了。"阿婆这样说道。"阿婆,我很开心,满足您的心愿。我也很受鼓舞。"医务社工告慰阿婆。就这样,她遵守承诺,一如既往地为阿婆做着祈祷,直至阿婆的生命终结。

第六个故事

他用双手"跳"起了拉丁舞

> 每个人都有生老病死,医生也会生病。
>
> 在舒缓疗护病房里,就住着一位曾经是医生的病人。在他七十大寿到来之际。医务社工部与志愿者们精心策划准备,邀请了舒缓疗护科医务人员,共同走进了寿星的病房。
>
> ——医务社工札记

还记得他刚刚入院的时候,每天都发脾气抱怨。身体状况也很不好,曾经陷入昏迷。随着时间的推移和身体状况的逐渐好转,他感觉到了医务人员的温情,医务社工的真诚关怀,情绪也比之前缓和了很多。

这一天是他 70 岁的生日,看到许多人都来到病床前给他过生日,他的脸上浮现出了笑容。

病房里唱起了温馨的生日歌。一曲完毕后,医务社工们又发出邀请:"我们一起再唱首歌吧!喜不喜欢邓丽君呢?"

"不喜欢。"他回答得老实不客气。

"那您想听谁的呢?"

"《泰坦尼克号》。"他的回答出乎大家的意料,原来在一位老人的内心,仍然藏着对浪漫、温情的回忆。

于是医务社工打开播放器,《*My heart will go on*》经典而悠扬的歌声飘荡起来。医务社工部主任举起话筒,他毫不羞涩地唱了起来。

没想到连歌词都唱得非常清楚。不知是谁说了一句"他还会跳舞呢!"大家都撺掇他跳一段。

"哎呀,不行啦,你看我现在腿都不能动了!"他的话语中不无遗憾。

"这有什么啦。胳膊能动嘛,你喜欢跳舞嘛。只要想跳,哪里都是舞台!"

"是咯是咯!心有多大,舞台就有多大!"

七嘴八舌的鼓励,热情而温暖。

令人惊讶的一幕出现了!他在病床上,慢慢抬起双手,肩膀、背部都跟着音乐的节奏摇摆起来,虽然双腿失去了知觉,但是上身的动作专业而优雅,丝毫不影响舞姿的渲染力。

这一跳便停不下来,志愿者也加入了进来。站着的年轻人、躺着的癌症终末期病人,因为共同喜爱的拉丁舞,勾画出了这幅难得一见的生命画卷。

下午,患者的母亲被邻居推着来到了病房。医务社工拿出刚刚拍的视频给母亲看,九十岁的老人连连说道:"他爸爸是医生,他姐姐是医生,他也是医生,他又很喜欢跳舞,二十多年了,还教别人跳。"原来他本身就有一颗热爱生活的赤子之心。

与其说医务社工们给病人过了一个生日,倒不如说他带给在场的所有人一个又一个意外的惊喜。在生命尽头仍然追求内心之所爱,这残缺的拉丁舞画面中折射出的美,令人心醉。

"我的愿望就是希望大家的内心都很美好,每个人都善良、快乐。"这是他对世界最后的祈愿。

第五篇
为临终患者提供帮助的人

第1篇
人的职能和卫生管理

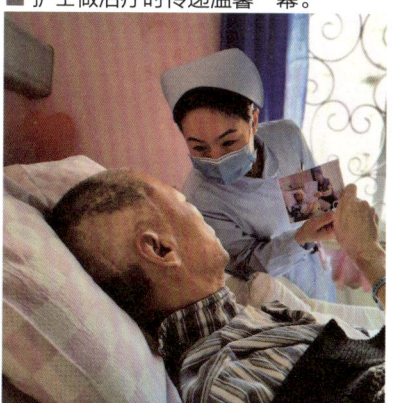

■ 护士做治疗时传递温馨一幕。

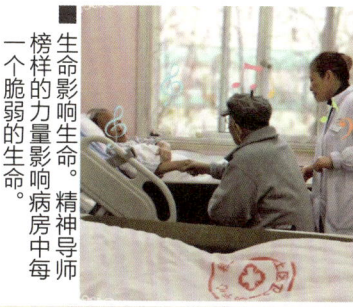

■ 生命影响生命。精神导师榜样的力量影响病房中每一个脆弱的生命。

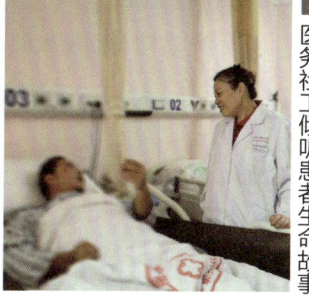

■ 医务社工倾听患者生命故事。

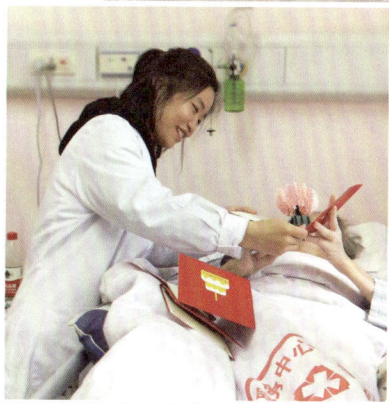

■ 医务社工让患者自己挑选生日贺卡。

第一个故事

聚焦"平凡"

只有把患者当成亲人,才会知道对长期卧床的患者而言,怎样才能减轻他们的痛苦;只有当成亲人,才能体会"干干净净地离开"对临终患者是多么重要的事。

——护工说

在长宁区程家桥街道社区卫生服务中心,有一个特殊的节日——护工节。时间就是6月12日,"5·12护士节"后一个月。这是中心自己设定的节日。主旨是希望那些在平凡的岗位上默默奉献的护工们走到台前,让大家看到,他们每天为患者所做的一切。

在长宁区程家桥街道社区卫生服务中心的住院部,不论是照护晚期肿瘤患者的舒缓疗护病区,照护失智、失能的老年护理病区,脑卒中患者康复病区,还是收治非肿瘤临终患者的安宁疗护病区,都活跃着一批护工。在舒缓疗护病区,他们以对待亲人的心,为临终患者服务。因为服务对象的特殊性,他们常常和患者接触的时间不长,"送别"是经常面临的事情。但正是因此,他们才更认真、更细致地照顾患者,给患者洗脸、喂饭、擦身、聊家常……护工赵阿姨常说:"我们都把服务的患者当作我们的亲人。"只有当成亲人,才会知道对长期卧床的病人而言,怎样才能减轻他们的痛苦;只有当成亲人,才能体会"干干净净地离开"对临终患者是多么重要的事。

吴师傅在失能、失智老年病房已工作了17个年头,每天4点半起床,为5位老人洗脸、擦身、喂饭,每两个小时为他们翻一次身。吴师傅说:"我与老人有缘,我现在离不开他们,他们也离不开我。"因病而忘记一切的老人或许记不起他们,但"与老人有缘"的朴素心理,支撑着他们在平凡的岗位上一天天地坚持下去。

护工节当天,他们收到了患者家属送来的鲜花和锦旗。人非草木,孰能无情,家属记住了他们对临终患者无微不至的照护,一面面锦旗是对护工的褒奖,他们的良善激励了别人。家属深情地说:"我们家属在与不在,赵阿姨都能很好地照顾我们的病人,亲人住在这儿,我们真的很放心。"而吴师傅收到的锦旗上写的"精心呵护,胜似亲人"也是患者家属对他最好的感恩。

这些在平凡的岗位上默默付出的护工日复一日地做着平凡的事,他们自己的亲人却无法得到他们亲手的照顾。在逢年过节的时候,他们往往只能通过电话慰问亲人,遥祝他们的亲人安康。因为这儿的失智老人、这儿的肿瘤患者需要他们。正是这平凡的岗位,见证了他们——护工的博爱。

第二个故事

温暖别人的人，也终将被守护

> 临终患者因逐步衰弱的生命而被社会大众所关注。然而，他们身边一直陪伴着最坚定的守护者，他们付出许多，只为患者在最后时刻里得到些许的舒适和安心，这就是爱的力量。
>
> ——医务社工札记

病榻上的编织秀

舒缓疗护病房的活动室里，一场由中心医务社工部与长宁区癌症患者康复俱乐部志愿者联合进行的手工编织秀正红火地展开着。患者与家属其乐融融地投身于其中。参与活动的这些患者都是能下床、能自理的。这个时候，医务社工想到了那些卧病不起的患者，提议是否能将这样温馨快乐的活动带到他们的病床边,使得躺在病床上的肿瘤患者也能参与。这个想法马上得到了大家的响应。

舒缓疗护病房一位患者的女儿告诉医务社工,她妈妈很喜欢编织,在女儿的记忆中,妈妈年轻的时候,总有针线在她手中飞快地穿梭,眼睛一眨的时间,妈妈手中的钩针、毛线已穿梭了好几回。要不了几天,一件衣服、一双鞋子就如一件艺术品般地呈现在家人的面前。"那个时期妈妈织的衣服鞋子,承载着对孩子、对家庭全部的爱""妈妈手巧,学什么会什么,动手能力特别强",女儿记忆中的妈妈,总是和那些美丽的衣服联系在一起;女儿记忆中的衣服,每一件都带着妈妈的味道。

"现在她老了,生病了,手指僵硬了,心情有点压抑,但我还是希望她能有机会再编织点什么,不一定是成品,让她钩两针找找感觉也好。"女儿期待着她妈妈能参与这项活动。两个志愿者迅速将工具带到了病床,带给了患者,他们将防蚊筋拿给阿婆,和阿婆一起折五角星、折千纸鹤,以此作为热身及手指灵活度的练习。"阿婆,下个月我们一起来编织!"阿婆高兴地期待着下个月的相逢,就像孩子期待着过年。借着社工部组织的手工活动,母亲拾起了过去的回忆,锻炼了手脑,母女之间的感情也更深地联结到了一起。

既然感谢无法言喻,就去帮助别人吧

"生病之后,癌症俱乐部成了新的家。"——一位患者自述。

我很早就得了癌症，生病这种事情是没办法预料和控制的。躲不掉的化疗、吃药、忍受疼痛，也正是因为这样，我才知道了癌症俱乐部，才晓得原来这么多人都跟我一样，我们一起互相打气、吃药治疗。后来慢慢地，我开始参与另外一项活动：为病人做志愿者，以己之力，竭力助人。我们癌症病友去做志愿者有一个天然的优势，我们既幸运又不幸，不幸的是生了这个病，吃了不少苦；幸运的是我的病可以得到控制、正常生活，甚至我们有的病友还康复了。我们回归了正常的生活轨道，希望帮助更多的终日躺在病床上的病友。我们经历过那些阶段，所以懂得他们的痛苦与恐惧。他们看到我们生病后还能来做志愿服务，应该会受到很大的鼓舞吧。

但是不久，我遭遇了新的难题：我的老公也得了癌症，并且以惊人的速度恶化着。临近过年，找不到任何一家可以住进去的医院，我自己又不知道怎么去照顾他。在我急得手足无措时，又是他们——癌症俱乐部的伙伴们给予了我帮助，俱乐部和长宁区程家桥街道社区卫生服务中心的医务社工部主任一起帮我跑前跑后，付出了很多努力才帮我以最快的速度安顿了下来，可以让我老公安心地在长宁区程家桥街道社区卫生服务中心的舒缓疗护病房里养病，我们也可以好好过一个新年了，我心里一大块石头终于落地了。

我想不到什么好的办法去感谢，只能递上一面锦旗以表最真诚的谢意。后来医务社工部主任告诉我：不要因为受到帮助而感到不好意思,那些没办法完全表达的感谢,就化作继续帮助别人的力量吧。

亲人去世了,医务社工的关怀还在

一个月前,她的丈夫在长宁区程家桥街道社区卫生服务中心舒缓疗护病房安然离世。

之前,住院10个月。虽然在丈夫住院期间,她和中心的医务社工们相处愉快,但是她以为时过境迁,人已经不在了,她也不再是长宁区程家桥街道社区卫生服务中心的患者家属了,双方不会再有任何交集。

所以当她接到医务社工打来的电话,很是意外。她不会用微信,打电话是唯一和外界沟通的手段。这个月她什么都没想,将自己全部的心思花在了祭奠亡夫的身上。通过传统的习俗,来寄托自己的哀思。

之前十个月的陪伴和交流,医务社工亲眼目睹了她情感的每一次起伏,"逝者、生者、当下、未来",这些字眼经常出现在医务社工与她的交谈中,她信任医务社工,将所思、所想都与医务社工们沟通,而医务社工们则花时间和精力,与她共同面对。丈夫走后,医务社工知道她独自一个人生活,需要倾诉和陪伴,于是主动联系了她。当听到电话那头传来她的一句:"一想到丈夫住院的那段日子就会哭"的时候,医务社工明白她其实一直期待有人给她提供心灵的治愈和情感的安慰。这次沟通,医务社工给她做了长时间的疏导,并且约好了见面的时间。在按照约定的时间,去她家拜访的时候,医务社工手把手教她微信的使用方法,教她怎么获得最新的资讯,以此来缓解心中的孤寂。还尽可能地请她参加一些活动,让失去亲人的哀伤在温暖的陪伴中,逐渐随风而去。

第三个故事

抉择

　　安宁病房并不总是"安宁"的,常常需要面对危机和伦理的困境。因为对人们而言,生死原本就是最大的事。面对生死,许多抉择,就常常遭遇两难,究竟怎么样对他才是最有益的?也许正确答案,并不一定在患者这边。

——医务社工札记

一

　　王姐的心在那个静悄悄的黎明,忽然往下一沉。

　　她敏锐地预感到,有什么事情发生了。

　　值班医生来了,开了营养液的处方,当班护士来了,生怕有什么意外发生。她知道了自己腹部所留置的胃管无意中脱落了。而且,仅仅从黎明到早晨的短短几个小时时间,脱落处的伤口迅速长满了。

医务社工与主治医生忙前忙后地想办法,拟定了好几种方案,并且跟她远在日本的儿子沟通,把母亲的紧急情况告诉儿子;其他在上海的亲人也来了,陪伴在她的身边。但是王姐本人却觉得,这是上天的旨意。"胃管自然脱落,很短暂的几个小时,脱落处的伤口竟然长满了、愈合了。看来自生自灭是我的归宿。肿瘤让我觉得非常痛苦,它使我的脸部在不断地溃烂,让我有尊严地离开这个世界吧!"

王姐拒绝重装脱落的胃管,拒绝输入任何营养补液及食物。一切想说服她的说教显得那么苍白。是听之任之还是劝一劝她?医务社工尝试与她沟通,告诉她:你的感受在很大程度上与你的想法有关。如果你能改变自己的想法,你就可以改变自己的感受。除去非理性的不合理的信念,而以积极的信念取而代之。

医务社工的干预和亲人的陪伴,使她感受到了温馨与友善,来化解恐惧、悲凉与哀伤的情绪。她明白:任何过激的主动结束生命的行为都是会留有遗憾,我们可以顺乎自然,但不是刻意地违背自然。

跨越了那个哀伤的黎明,想通了以后,王姐放弃了轻生的念头,这时候,积极的念头出现在了她的脑海中,她想起了自己的儿媳即将诞下新的生命,她还没有看一眼自己的第三代。于是,她同意开始输营养液了,护工也渐渐地给她喂一些牛奶等流质食物。只见她神色逐渐轻松,她的眼神透出希望,她说:儿媳即将诞生的小生命对她来说,就是希望。

二

舒缓疗护病房4床的范先生,是一位孤老,早年间夫妻离异,儿子便与父亲断了联系。他索性自暴自弃,染上了吸毒的恶习。不幸的是,病魔找上了他。右肺腺癌术后伴骨转移,双下肢无力,生活不能自理。生死关头,是政府伸出援手,他所在的居委会将他送到了长宁区程家桥街道社区卫生服务中心的舒缓疗护病房,帮他走好人生的最后一站。他刚进病房,身上浓烈的酸臭味十分骇人。护士足足换了七大盆水才把他的身体擦干净。前几盆水擦完,水盆里的水浑浊得连抹布都看不见。

医务社工带着责任和使命走近了他,与他聊了起来。他告诉医务社工自己的生活经历:与妻子离婚,与儿子疏远,就连唯一的姐姐也远离了他。孤独痛苦之中,他寻求毒品麻醉自己。后来得了肺癌,生活不能自理加上经济拮据之下,才戒了毒品。说着说着,他忽然冒出了一句:"如果我有一千万,我还是要吸食的。医院里不是有类似的东西吗?给我加足量,给我继续吸一点吧!"

医务社工敏锐地想起范先生入院后,时常叫痛。虽然每个人的痛阈不同,但是从医学角度来看,他说的这个"痛"的确有点夸大化,何况医生已经给他用了一定剂量的硫酸吗啡缓释片止痛。他表述的"痛",很有可能是他的毒瘾在作祟。

医务社工告诉范先生,根据规定,对晚期肿瘤患者所用的止痛药只能在"合理使用"的范畴,为了他本人的利益,也不可能满足他伤害自己的要求:"你的肢体发生疼痛时,医生会用止痛药来驱散、缓解你躯体的疼痛,但不可能给你吸食毒品。"

事实上,面对这样一个众叛亲离的"浪子",医务社工内心也有过纠结。从职业伦理来说,社会工作的责任主要是关怀社会弱势或边缘群体,以平等的态度对待他们,帮助他们克服困难,使他们成为社会中健康的成员。但是,有些人会对困难群体中的某类人存有偏见,因而难以接受他们。在面对这样的困境时,医务社工也常常出现内心的冲突。当职业价值与个人观点发生矛盾时,在不侵害他人利益的前提下,应遵循职业伦理要求。对医务社工来说,以非评判的态度来接纳范先生、用平常心把这样一个吸毒的浪子与其他患者一视同仁,也是医务社工内心的抉择。

第四个故事

医务社工应如何自我调适

> 在我们以真心和慷慨之心相互理解时,我们就实现了"从我到你"的流动。作为他人痛苦的见证人,我们把自己暴露在痛苦之下,因此自己也感到痛苦。
>
> ——《叙事医学:尊重疾病的故事》

六床的刘阿婆走了,带着对舒缓疗护医疗团队的眷恋,带着对医务社工的拳拳之心,离开了这个对她来说充满了温馨和爱的世界。刘阿婆躺在洁白的床单里,不曾远去,仿佛睡着了。医务社工不愿相信,与我们朝夕相处了一年半的和蔼可亲的刘阿婆,就这么一声不吭地走了。刘阿婆的音容笑貌依然生动地呈现在眼前:她跳的佳木斯操,是如此的优美;我们与她舞动的旋律是如此之合拍;阿婆创造了一个医学神话,打破了大洋彼岸医生"只能活几天"的预言：晚期胃癌且转移的她，顽强地活了一年半。此时此刻，医务社工脑海里全是刘阿婆的身影。但斯人已去，留给我们无尽的哀思和追念。医务社工眼里噙满了泪花，向阿婆三鞠躬。久久地凝望着阿婆。阿婆已走，可在医务社工的心里，阿婆不曾离开。

像这样的案例所带来的震撼和心灵的冲击，发生在医务社工身上已很多次。无论医务社工为案主提供多么优质、贴心的服务，都无法阻止死亡的降临，自己服务的患者最终都将逝去。经常面对这种死亡，不断被迫去思考死亡、处理死亡的问题，成为了医务社工工作的一部分。所以在做好临终关怀的个案工作时，医务社会工作者也需要适时地进行自我关怀、自我保健、心理调适。

生活中的小确幸，带来自我疗愈

亲戚中有个"90后"，开了一个网咖吧，自己做烘焙、制作蛋糕、裱花。我，一个医务社工，对曾经无感的事，产生了兴趣。因为这是一种生活方式，它代表的是一种热爱生活的精神，自己去做、自己体验、挑战自我、享受其中的快乐。在DIY源于自然、回归自然的理念中，令你放松身心，去感受我们身边美丽的一切事物，做回我自己。于是，我学做了心型小蛋糕，心情美美的，通过这个过程，感觉到了身边美好事物的存在。每个人在某种年龄段都有要完成的任务，常常容易忽略周围的风景和自己感兴趣的事情。我们应放慢脚步，跳出这个程式化的人生，去过自己想要的生活。果然，在尝试 DIY 的生活中，我得到了启示，我，作为一个医务社工的心理压力得到了全然的释放。

心理咨询　正念疗法

小会议室里，应邀而至的长宁区精神卫生中心心理咨询师在给医务社工、医护人员上着课。这节课是专门为日常生活中压力很大的人组织的正念减压疗程。正念疗法脱胎于佛教的八正道，最早是佛教的一种修行方式，它强调有意识、不带评判地觉察当下，是佛教禅修主要的方法之一。西方的心理学家和医学家将正念的概念和方法从佛教中提炼出来，剥离其宗教成分，发展出了多种以正念为基础的心理疗法，被广泛应用于治疗和缓解焦虑、抑郁、强迫、冲动等情绪心理问题，在人格障碍、成瘾、饮食障碍、人际沟通、冲动控制等方面的治疗中也有大量应用。通过课程学习以及实际练习培育正念的方法，并参与如何以"正念"面对、处理生活中压力的讨论，帮助医务社工和医护人员缓解工作中的压力以及释放对患者的不舍、对死亡的恐惧。

瑜伽锻炼，平衡身心的压力

每周固定一次，医务社工、医护人员们都会相约一起练习瑜伽。瑜伽是一个通过提升意识，帮助人类充分发挥潜能的体系。运用古老而易于掌握的技巧，改善人们生理、心理、情感和精神方面的能力,是一种达到身体、心灵与精神和谐统一的运动方式。

我们的舒缓疗护团队的医护人员需要心理调适,医务社工更需要心理调适。为了明天,为了我们安宁疗护事业,我们的内心必须强大。我们的内心只有充满了阳光,才能不辱使命,肩负起"天堂口的阳光"——为临终患者传递光明的事业。

第五个故事

没有人是一座孤岛

我们对"志愿者"的看法,常常是单向的,他们帮助有需要的人,他们奉献自己的爱心。事实上,只要被帮助的那个人和自己是有关联的,志愿者往往也能从被帮助者那里获得心灵的力量与安慰。"助人者人恒助之",收获,总是值得回味的。

——题记

找不到自己的时候　去做志愿者吧

前不久,有一句话在微博、抖音火了起来:如果你觉得人生艰难,不妨去医院看一下。你会发现,一切烦恼,不过是我们过不掉心里的坎;好好活着,才是人生唯一的大事。

欢欢是一名中专学生,主修动漫设计专业。正处在人生花季一样的年华,又很喜欢自己的专业。但最近一段时间,她时常感到闷闷不乐,"心里总有压抑感""高兴不起来",郁郁寡欢,自怨自艾,有时甚至莫名哭泣。

在机构的推荐下,欢欢来到了长宁区程家桥街道社区卫生服务中心舒缓疗护病房,在医务社工的引领下,开启了现实版的生命教育旅程。活动室一隅,上面有老年志愿者题的小篆:心语馨苑。素雅的窗帘半掩着,灯光柔和而温馨。欢欢喜欢这个氛围,更喜欢医务社工灿烂的微笑,在这里,她感受到了温馨和宁静。她或画画,或遐想,时光在不经意间流逝。

经过观察,医务社工发现,欢欢是个有爱心的姑娘。于是医务社工为她布置了一些任务:临摹一幅名画,与一位晚期肿瘤患者切磋;写一张毛笔字,与临终患者共勉;参加一项公益老年活动,希望通过这样的活动,提升她的自我价值感。一天,欢欢拿着她的画作"孤帆远影碧空尽"让医务社工鉴赏。医务社工借着点评画作启发她,希望她既能享受"孤帆远影"的乐趣,也可以拥有"海阔凭鱼跃,天高任鸟飞"的博大胸襟。欢欢陷入了沉思。

《星空》下的约定　　看到生命的光彩

舒缓疗护病房有位肿瘤患者,住院多时。他曾经是农业展览馆的绘画设计师,在病痛的折磨下他心灰意冷、沉默寡言。欢欢的到来,打开了走进他内心世界的新途径。在医务社工的介绍下,欢欢认识了这位爷爷,她精心捧出了自己用蜡笔临摹的梵高名作《星空》请爷爷指教。

虽然隔着时间和岁月的距离,但是爷爷和欢欢这一老一小,却因为一幅画而彼此敞开了心扉,爷爷看着稚嫩却充满灵气的画作,感受到女孩的勇敢与稚嫩交织在一起,那是生命春天的气息。他用自己多年的绘画经验指点女孩,看着她一笔一划地进步着,爷爷觉得自己虽然在人生的迟暮之时,毕生所学还有用武之地,还能与人分享、让人提高,这是多么令人高兴的事情!而欢欢也从爷爷的身上看到,艺术是如何使人的生命瞬间发出夺目的光彩。谈到绘画、谈到艺术,原本衰弱而表情漠然的爷爷,一下子变得和善、儒雅而有精神。

一老一少就这样许下了《星空》下的约定,待欢欢下个假期,仍来探望爷爷。

主动表达的关爱　　点亮失落的心

迈出第一步以后,渐渐地,欢欢开始主动表达自己对住院的爷爷奶奶们的关爱。听医务社工说病房的另一头新住进来一位奶奶,平日喜爱书法。欢欢小声说:"我也学过一点,不过写得不好"。在医务社工的鼓励下,欢欢认认真真写下"面朝大海,春暖花开!加油!"几个毛笔字准备送给奶奶。探访时,奶奶看到送来毛笔字的小志愿者异常开心,躺在病床上的奶奶坐直起身,也回写了一幅"好好学习,天天向上"作为礼物。郁郁寡欢的奶奶,第一次主动要和新认识的"好朋友"合影留念。一张张承载着二人情谊的照片便诞生了。

她还参加了医院老年科的活动,陪着老人们做操、朗诵儿歌,有一天,她看到一位穿红色外套的老奶奶很努力地做着动作,一点都不因为自己年老体弱、坐在轮椅上而放松对自己的要求,非常感动。在老人锻炼完之后,欢欢主动上前,给了老奶奶一个大大的拥抱。这属于孙辈的拥抱,让老奶奶瞬间落泪。

她紧紧抱着欢欢,像抱着自己的孙女一样,轻轻拍着她的背。欢欢也哭了,来自陌生人的善意,是对自己志愿者工作的最好回报;来自生命另一端的老年人的生命力量,也在告诉她,活着,是美好的;工作着,是美丽的。

英国诗人约翰·邓恩说过:"没有人是一座孤岛。"我们与世上的每个人,都紧密相连。学生志愿者欢欢还在继续她的志愿服务工作,同时,自己尝试着从过去的低谷中跨跃出来。正如林清玄先生所说的:调心,就是要使我们的心不沉不浮。于她而言,志愿服务,正是安顿身心的好方法,正是通过点滴服务,欢欢似乎从人生历程的一小片泥沼中找到了前行的方向和意义。

第六个故事

风骨,他们的标杆

有一群人,他们的生命之帆曾几经风雨飘摇,但他们终究战胜了命运的嘲弄,活出了自我。与此同时,他们将这抹生命的亮色,带给了另一群人,这群人或在死亡线上挣扎,或在生活的苦难中徘徊。但正如苏格拉底说的"在死亡的门前,我们要思量的不是生命的空虚,而是它的重要性"。

生命的丰盈缘于心之纯澈。也许,你一个善意的举动或友好的微笑只是无意间为之,却令对方终身难忘,相互的感恩和敬重,温暖着彼此的心房。他们,就是安宁疗护的志愿者,亦是长宁区癌症患者康复俱乐部的志愿者。

一张报纸的承诺

一个冬日休息日的下午,西北风呼呼地刮着,凛冽的寒风刺骨,病房里却温暖依旧,这温暖来自于空调吹来的习习暖风,更来自于心窝的温度。此刻,患者张先生心情有些激动。志愿者小徐拿着一张报纸正与他分享呢。

张先生是位晚期肺癌患者,前不久,在病房探望时,无意间与志愿者谈起了关于胸腔积液的病人状况及与此相关的一些信息。小徐说:我好像在哪里看到过这条信息,何时我给你找来看看。张先生当时的随口一谈,小徐牢牢地记在心里,她依稀记得某张报纸上有这一信息的记载。于是乎,翻资料、查信息,终于找到了这张关于抗癌信息的报纸,她想到病人肯定是翘首以待啊,就在这星期日的寒冬中,从家里赶到舒缓病房患者身边,送来这份报纸,只为了对患者的那份承诺。

一次美丽的邂逅

在一个气候温和的日子里,在医务社工的带领下,志愿者中以"开心果"著称的高女士,踏上了病房爱心陪伴之旅,为晚期肿瘤患者和他们的家属,带来些许心灵的抚慰。当来到4床跟前,一个场景让所有的人眼前一亮,只见病榻上一位老太太正专注地拿着放大镜,一本一本看着画有历史故事的小人书。老太太很忘我,似乎沉浸在她的小人书世界里。看到志愿者,她饶有兴致地跟他们交谈了起来。阿婆很健谈:"一个人碰到事,第一不要发脾气。心态要好,脾气要温和。要看开,不要轻易地与人过不去。"清空心灵的负累,让生活轻盈。每一天,思维经过的地方,难免有一些不愉快吸附在心灵的某个角落。也许只是一瞬,也许顽固成永恒,如同晴空的乌云搅扰着生活的秩序。高女士自认为想得很开,但也不免被老太太朴实的话语所感染。

以心为舟,以爱为灯

癌症来袭,她以扁舟之力迎击风雨浪潮;债台高筑,她以蒲草之劲踏上创业之路;心怀大爱,她以萤火之光照亮外来务工人员子女的人生课堂。"酱菜妈妈"高秀娣的选择和坚持,改变了十余名外来务工子女的人生,更以其坚强仁厚的高尚品性,诠释了一名癌症患者自强不屈、温暖社会的大爱人生。

由医务社工部策划的、中心医护人员参与的生命教育系列活动中,"酱菜妈妈"高秀娣以她的人生经历,给我们上了生动的一课。她娓娓道来,演讲生动形象,听上去朴素的语句,却蕴含了生命的真谛,闪烁着仁爱的光辉。

她是一名癌症患者,看似弱不禁风,但她自立、自强,以病躯撑起家庭的生计,更撑起14名外来务工人员子女的未来。2016年8月,高秀娣当选为助人为乐"中国好人"。

医务社工部主任吴冰深受感动,她说:我们这次活动的主题是生命教育。高老师的演讲精彩纷呈。人们在人生的道路上,山一程水一程地奔赴,饱受风霜,无数次跌倒了又爬起,披荆斩棘。真正懂得生活的人,从来不会抱怨自己的境遇,而是不屈不挠地努力耕耘。在我们舒缓疗护病房中,她也为患者解除心灵的包袱,让患者活好当下,好好珍惜清晨的第一缕阳光。舒缓疗护科徐爱萍主任也深受鼓舞,她讲道:"酱菜妈妈"慈善大爱,她的那间6平方米的酱菜铺,同时也是澳华菜场14个外来务工子女的人生课堂。今天的讲坛上,她是我们医护人员的道德楷模。有医生表示:平常看见她来我们舒缓疗护科轮值,很平凡的,但正是这平凡的躯体里闪耀着人性的光芒,很值得我们竖起大拇指。护士长也评述:愿我们身边的爱心大使、励志故事,能成为我们心中的灯塔,指引我们自己的人生,同时照耀我们的患者。

老有老的风骨

在一场为舒缓疗护患者举行的跨年慈善义演中,志愿者江女士的诗朗诵"老有老的骄傲"反响热烈,她声情并茂,将这首诗演绎得如火如荼。"癌症、病痛、几近失明的一只眼",这些对她都算不上什么,丝毫影响不了她几年如一日对舒缓疗护患者的坚守。一次,江女士眼睛黄体破裂,几乎失明,但她做完手术,视力还没怎么恢复,就让老公搀扶着来到舒缓疗护病房,参加重阳节爱心义演活动。听她的女高音,永远是激情澎湃,心潮激荡。她的眼睛也随之逐渐康复。

她以歌会友,将音乐老师邬老师带到了舒缓疗护病区的活动中。邬老师美丽的歌曲在舒缓疗护病区的上空回荡,每次活动的音乐盛宴,给患者与家属留下了难以忘怀的印象。

在活动中,江女士引吭高歌,活力四射,将美、热情带给了舒缓疗护病区需要帮助的患者及家属。而在生活中,她为人崇尚低调、宁静。对她来说,真正的平静,不是避开车马喧嚣,而是在心中修篱种菊。

这一鲜明的对比,更彰显了她的情调和腔调。正如同一支歌,她有着炽烈的情感;正如同一幅画,她有着丰富的内涵;正像一坛酒,她有着醇香的味道。

第七个故事

我从黑暗中走来,要把光明带给世界

"既然地狱之门不为我打开,那我就踏踏实实做一盏灯,发一点光,照亮别人。"这是一位志愿者的座右铭。在安宁病房,有多位志愿者,自身罹患肿瘤。凤凰涅槃的过程,充满黑暗与痛苦。但是痛苦过后,他们想到的,却是更多在黑暗中摸索的人。有人说,世间并没有"感同身受",只有亲身经历过,才是可信的,而他们的故事,本身就是最好的安慰与榜样。

——题记

从 ICU 走出来的阿娇:我要活着

浸润性结肠癌扩散,直接把阿娇送进了 ICU(重症监护室)。那三天三夜的煎熬,对阿娇来说,是浑浑噩噩却无比清醒的。她记得自己使劲睁开双眼,可就是睁不开。她感到自己仿佛站在了悬崖边,但是脑海中却不断回响着:"不放弃,不放弃"的声音。最终,强烈的求生欲望给她壮了胆,她觉得,有人拉住了她。她活了过来。三个差不多时间进 ICU 抢救的病友,都"走"了,只有她,走出了 ICU。

得了肿瘤,大部分患者都需要经过化疗这一关。别人觉得化疗很痛苦,阿娇的化疗却是她拼命"求"来的。她有严重的心脏病,医生拒绝给她化疗:"阿姨,这个化疗的药方,对你的心脏而言,会承受不住,10 分钟你就会没命,有可能抢救不过来。"但阿娇并没有就此认命,在她的坚持下,肿瘤医院的综合治疗科收治了她。针对病情,通过中西医结合,用中医调理,为化疗作充分的准备。近 10 天的治疗以后,终于到了要化疗的这一天,阿娇自己签了字,眼睛里充满了坚毅的光。坚决地说道:"医生,如果醒来,是我命大;如果离开,跟你医生没半毛钱关系。化疗,我准备好了!"

也许上苍被她的执着与坚毅所感动,阿娇又一次闯过了鬼门关。化疗后,吃啥吐啥,那就拼命吃不断地吐,她告诉自己,只有吃了才有能量,才有活下去的可能。凭着这种对生命的执着及渴望,阿娇前前后后在肿瘤医院一共住了 8 个月,看着身边共同住院的 39 个同伴相继离去,她的内心充满了悲伤与恐惧,同时也更加坚定了活下去的勇气,因为在住院前医生就告诉她:"这里的病人大都没有希望,但是不代表所有人都没有希望。"

"我相信我就是那个被上天眷顾的人,所以我必须要活下去",在姑息科240天的日日夜夜,这是阿娇每天不停重复对自己说的话。五年过去了,"我要活着",这个心底的最强音自始至终在阿娇的心中盘旋。重生,是一种喜悦,更是一份感恩。阿娇感谢医生在她生命最危急的时刻拉了她一把,她决心用自己的志愿服务,拉更多的人一把。

"造口人"孙先生:即使死神站在面前,也要有尊严地活着

20世纪90年代初,华东医院肿瘤科,孙先生罹患了直肠癌,即将进行手术。医生问他:要保命,还是要保肛门。"这什么话,一个人如果连命都保不住,身上别的器官存在还有价值吗?"孙先生当机立断,直肠癌改道手术如期进行,这一手术,让孙先生成为了一名"造口人"。

肠子改道,改变了孙先生的人生轨迹。在一次次难以言表的"意外"与打击中,他也第一次了解了什么是"造口人"。肛门括约肌没了,大便失控了。他们不敢吃饱,不敢睡足,不敢出远门,也不敢聚会。身上吊的排泄物的袋子犹如一颗定时炸弹,随时要爆发。睡梦中,床上会突然搞得一塌糊涂;人群中,冷不丁会散发出一股刺鼻的臭味。对孙先生来说,仿佛生活的一切都被剥夺了,没有尊严、没有人格,屈辱地苟活于世。"我向病魔挑战,难道就换回这样的生活?"孙先生于心不甘。"这一次,我要

向命运挑战!"他铆足了劲,组织了一个"造口人"俱乐部。"人家嫌弃,我们自己聚集在一起,抱团取暖。"

二十年后,孙先生又因肠粘连、梗阻、穿孔而进行第二次大手术,身上插了八根导管,其间,院方发出两次病危通知。这八个月对孙先生而言,实在是不堪回首的人间炼狱。"一滴水不能喝,一粒米不能进,维持生命的乃是由一根管子输进去的营养液。肠子穿孔了,那就打开腹腔,取出肠子,消除炎症,使其生长,等肠瘘养好了,再放入腹腔。"就这样,凭着内心对生活的热爱和对尊严的追求,他又一次与死神擦肩而过。

在孙先生纯朴的心里,有一个强烈的感受:"一个好汉三个帮,别人在困难的时候帮过我,我也要帮帮人家,我要把我的感受告诉困难的人群。"尽管天有不测风云,人有旦夕祸福,但只要自己不倒下,你的那片天也就不会倒下。而唯有心中撑起了尊严、撑起了坚定,你才最终不会屈服于病魔的淫威之下。26个年头,孙先生完成了从患者到康复者,再到志愿者的角色转换,并在2012年获市优秀志愿者的荣誉称号,他在心中筑起了"尊严"的铜墙铁壁,影响了多少个游走于生存与死亡边缘的鲜活的生命。

从不相信自己只能活三个月
的赵阿姨:狭路相逢,勇者胜

1989年3月,对赵阿姨而言,是一个灰暗的日子。"子宫内膜腺癌晚期，医生说最多只能活3个月。"这个残酷的打击让她眼前一黑。

但绝望归绝望，她内心拒绝认输。"就是只有三个月时间，我也要活得潇潇洒洒，活得漂漂亮亮。"她加入了长宁区癌症俱乐部，和俱乐部的志愿者一起抱团取暖。一年后，有一天她在医院的电梯里偶遇当年给她下"死刑判决"的那位医生，她从对方神情中读出了惊讶。"他的表情分明就是在说，'你怎么还活着？'"，赵阿姨这样描述道。就这样，她活过医生宣判的3个月，活过了癌症患者关键的五年生存期，又活过了一个又一个五年。

时隔21年后，命运又一次与赵阿姨开了个玩笑，她因结肠癌又一次地开了刀。医生又一次跟前去陪同的同伴们说：这位病人活不过三个月。面对这第二个"三个月判决"，赵阿姨淡定多了。"回想第一刀的时候，输卵管鳞癌，子宫腺癌；这次第二刀嘛，肠子又出现个癌种，同伴给我起了个绰号，就叫'癌癌'，癌就癌嘛，它弄不死我，我也没空管它。"赵阿姨每天非常忙碌，要照顾生病的老伴，要赶去俱乐部工作，晚上又要尽到小区业委会主任的职责，时常还要照顾天山二村的老邻居。这些活计一一落在她的头上，是她生活不可分割的一部分。她没有时间顾影自怜，笑对生活的一切馈赠，听天由命，任其自然，这是赵阿姨对生活坚实的态度。

当然，重病在身的赵阿姨远没有她所说的那么轻描淡写。经历了数次与鬼门关的交锋，同伴和朋友以为她"遇难"了，结果幸运之神一次次地光顾她。她在肿瘤医院住院期间，经常有病人离世，他们中间有比她年纪轻的，赵阿姨爽朗地说："比起他们来，我已经赚了"。她的好心态是出了名的，幽默、诙谐，笑对人生是她生活的轴心。她觉得，"满足、感恩"，就是保护她的庇护伞。

在舒缓疗护病房里，赵阿姨用自己的亲身经历，温暖着其他的患者及家属。她真诚的言谈举止，感动了家属与患者。她的笑容永远亲切、温暖。她用切身的体会、生病的心路历程来告诉那些在死亡边缘线上挣扎的患者及其家属，面对苦难的境地该如何处置；在患者生日的时候，她又送来温暖的拥抱和笑容……

每一位舒缓疗护志愿者，都是照亮别人的一盏明灯，他们把自己的生命故事化成安慰别人的养料，让更多陷入恐惧与不安的患者，能看到生活的色彩，能平静地面对生命的终点。

第八个故事

"获得感"是怎样被铸就的
—— 家庭医生印象记

> 为了达到严肃、静默的关注,有效的诊断和治疗工作要求舒张地吸收他人的话语、暗示、展示、表现和意义。通过清空自我,接受患者的观点和立场,临床医生能够让自己盛满患者的苦难,因此,能够像从内心一样了解患者的需要和欲望。达到了这种心脏舒张的关注状态,我们就能回应患者的呼唤。我们为患者的痛苦、需求、困境和真正的自我所召唤。
>
> ——《叙事医学:尊重疾病的故事》

他们是临床主治医生,但他们的工作场所是不固定的。他们的身影时而出现在门诊,时而在病房,时而在站点,时而出现在居民的家中。他们是医生,但他们却不仅仅做着医疗。他们忙碌地为居民问诊、听诊、检查、配药、答疑解惑；他们的脑子装满了所辖居民的慢性病管理信息；家门口便捷、分级诊疗学科，涵盖了他们的服务模式；他们是健康顾问，体现了他们的专业素养；他们通过与二、三级医院分级诊疗模式的有效融合，提高了医疗专业的能力，提升了医疗品质；通过公共平台的资源，他们为居民解决了看病难的问题，使就医从无序变有序，公众的满意度、获得感也在逐年提升。这群人，就是我们长宁区程家桥街道社区卫生服务中心的全科医生，也是居民习惯称呼的"家庭医生"。张鑫，一位高颜值的青岛姑娘，就是其中的一位佼佼者。

我自豪，因为我的职业

列车在隆隆的轰鸣声中，驶离了虹桥火车站，张鑫医生去郑州参加全国全科医学大会。10分钟后，广播播送了一则紧急启事："有没有医务工作者？请速来7号车厢，一位旅客突发疾病。"张医生听闻，急匆匆地赶了过去。旅客是位小姑娘，只见她浑身抽搐，大汗淋漓，面色惨白。张医生临危不乱，应急救治紧张进行中。测血压，听心律，向患者同伴了解状况，判断患者是腹泻引起的电解质紊乱、心律失常。张医生凭着丰富的临床经验，因地制宜，为患者口服补液盐、藿香正气丸，直至患者病情有所缓解，又联系120，安排下站转院治疗，并告知家属、同伴应急注意事项，同时有条理地将病情告知列车长。一切安排就绪，患者病情也有所缓解，送患者中途下车转诊后，张医生才带着疲惫的身躯，回到了原来的车厢。她那一刻心里很有成就感，这样与死神赛跑的救治在她的职业生涯中已多次发生；同时她很自豪，为自己的这份神圣职业。

阿婆说：你救了我一命

门诊，张医生如往常一样接诊，为辖区居民看病。有位阿婆早上来就诊时说心脏有点不舒服，想配点药。张医生发现阿婆两面颊发红，听心脏也有点问题，凭临床经验，劝患者务必要抽个血，看一下心功能，结果一项指标报危急值。怎样尽快联系阿婆家人，立即送阿婆到上级医院就诊？张医生翻了患者信息资料，打电话到阿婆家，发现老人没有跟子女一起住，又设法迅速找到老人儿子的联系信息，第一时间与老人儿子沟通。她特地关照儿子务必立即来门诊，当面跟他陈述老人的病情，并让她儿子即刻带老人去三级医院就诊。结果病人在上级医院手术后近一年了，老人身体状况良好，恢复如初。因为张医生的早期诊断、迅速转诊，让阿婆捡回了一条命。前不久，老人携儿子，特地赶来感谢张医生的救命之恩。辖区的居民也将此传为佳话。

家门口的健康守门人

精准而合理地利用医疗资源，是医改的愿景。二、三级医院致力于危重症治疗，一级医院发挥慢性病管理、常见病多发病诊疗。这一上下联动的医疗资源整合，是我们现行医疗体制改革的核心精神之一。"1＋1＋1"签约服务转诊模式正在沪上全面铺开,给人们带来了新的就医体验。

张医生和她的团队契合社区卫生服务中心的功能定位,搭建了慢性病管理的模式。他们关注高血压人群：向社区居民弘扬正向的、绿色的、健康的生活方式,对签约病人定期进行"同型半胱氨酸"测定,为减少冠心病的几率及减少动脉粥样硬化、脑梗死的独立危险因素,作出早期筛查,从而防患于未然；他们关注糖尿病人群：为社区居民开设健康讲堂,阐述糖尿病并发症给人们身体带来伤害的严重性。定时监测空腹血糖,餐后两小时血糖,以及三个月一次的糖化血红蛋白。

正是有了像张医生及其团队的辛勤付出,才使社区居民的健康指数不断攀升,随着健康中国 2030 政策的实施,慢性病管理正越来越受到重视,张医生无疑为社区慢性病管理打下了坚实的基础。

关心,在老者的身边播撒

从细枝末节着手,为老年人的健康精细化管理,当好社区居民健康守门人,是张医生及其团队人文关怀的缩影。"李家阿婆,重阳节的重阳糕要分四顿吃啊""王老伯,端午节的粽子很好吃啊,但要分五顿吃啊""沈阿姨,您的血糖指标上去了,要注意饮食控制啊"……不厌其烦地督促、敲警钟,已然成了张医生进行生活方式干预、治未病的手段。对社区居民来说,张医生及其团队成了他们的健康守护使者。家庭病床的开设,每星期一次的上门服务,为行动不便的老人带来了便捷的服务,并将老人所需要的慢性病治疗药物开好一并带给老人。又如为60岁以上、本街道居民开展免费体格检查。张医生及其团队从小事切入,将关心在老者的身边播撒。

与其说张医生与签约居民是医患关系,倒不如说是朋友关系。居民找张医生开药的同时,还叙述开心的或不开心的事,张医生也及时予以开解。签约居民有时像老朋友一样,将自己做的馒头、自家种的枇杷等土特产,送给张医生。张医生同样用她的大爱、精湛医术,演绎了作为全科医生的一段佳话。

第九个故事

让她漂亮地走

天堂里没有病痛,愿她永远美丽。

——题记

海燕是长宁区程家桥街道社区卫生服务中心舒缓疗护病区的一名护士,这天晚上轮到她值夜班。凌晨,她拿着手电筒一个房间一个房间地巡视着病人,当经过卫生间时,一个身影晃了一下。"那么晚,是谁啊?"海燕心里咯噔一下,不由自主走了过去。昏暗的灯光下,一张扭曲的犹如僵尸般的脸映入眼前,海燕吓得连忙闭上眼睛,尖叫了起来。过了好一会儿,她才缓过神,慢慢睁开眼睛,灯光、镜子、洗脸盆一切如常,"是幻影吗?"整个晚上,海燕都在惶恐不安中度过。第二天早上做治疗时,从护工阿姨口中了解到昨晚的"幻影"正是新住院的病人王姐。

让她漂亮地走

王姐命运多舛,二十多年前丈夫病逝,留下一个三岁的儿子,一个人含辛茹苦地把孩子抚养长大,现留学海外。原本好日子马上就要来了,没想到前年被查出患了口颊鳞癌。肿瘤晚期的她,大半的脸都在腐烂,包括整个口腔。她不能说话和吃饭,每天只能靠着胃造瘘口来维持生命。了解这些情况后,海燕十分同情王姐的遭遇,就更加有意识地照顾她。

只要上班,她都会来到王姐病床前,尽自己所能,帮她洗漱、换药、打流质。她还从家里拿来了教她儿子写字的小白板放在王姐床头,这样就能方便沟通。虽然这样,但每次换药时,王姐还是会把脸扭向一边,不愿理睬任何人。

每天的换药抵不过癌细胞的侵蚀,王姐的伤口还是不停地在腐烂,以至于大半个脸烂成个窟窿,散发出强烈的异味。同病房的患者、家属纷纷跑到护士办公室投诉:"护士小姐,这病房臭得根本就受不了,给我们换一个吧。"王姐听到后,蜷缩着身子,悄悄地拉下了床边的隔离帘。她躲着所有的人,白天只敢躺在床上,只有到了夜里,她才挪动身体,起来洗洗漱漱。第一天晚上王姐看到的"幻影",就是王姐悄悄起来洗漱的身影。

这天,当海燕再次拿着治疗盘走到王姐身边时,只见王姐从床边拿出小白板,写道:"别人都在嫌弃我,你也不用管我了。"海燕看了看笑着说:"王姐,你想多了,在我心里你和其他所有的病人一样,放心吧,我不会不管的,你只管安心休息。"听到这里,王姐的眼眶湿润了。

从那以后，海燕每次去看望王姐时，她都会很开心地在小白板上聊上几句，有一次她还从枕头底下拿出一张照片，指了指自己，啊？里面那个面容秀美、穿着时尚的女子就是王姐？真是让人难以置信，海燕不禁感慨起来，看着海燕赞赏的眼神，王姐开心地笑了。

两周后，王姐的病情突然急剧恶化，医生通知了她远在日本的儿子。这天夜里，天气异常阴冷，海燕像往日一样巡视着病房。当巡视到王姐的床边时，凭着多年的护理经验，海燕马上意识到这可能是王姐的最后一夜了。于是她立马通知值班医生，并打电话联系了她唯一的儿子。一小时后，走廊远处传来一阵急促的脚步声，一会儿原本安静的病房一下子变得嘈杂起来，脚步声、说话声、哭声掺杂在一起，一股凝重的气氛笼罩着病房。坚强的王姐还是抵抗不住病魔的侵袭，最终离开了这个世界。

当家属整理妥当，准备把病人送往太平间时，海燕立马走上前去："慢点，等我一下。"只见她拿出棉球、纱布，蹲下身子，小心翼翼地帮王姐清理伤口。去世时的王姐，已经被疾病折磨得面目全非，三分之二的脸都已糜烂，只要轻轻一碰，脓液就会流出来并散发出令人无法忍受的腐臭味，在场的家属都不由自主地捂着鼻子扭过头，但海燕还是专心致志地擦拭着，她的眼里没有恐惧、害怕，有的只是对生命的尊重与怜惜。时间就这么一分一秒地过去了，病房里一片沉寂。

盖完最后一块纱布，海燕挺了挺腰，站了起来，此时，王姐儿

让她漂亮地走

子再也忍不住了,失声道:"谢谢,谢谢你为我妈所做的一切,作为儿子,常年在外,没尽到孝心,到了最后还……"海燕说:"我很能理解你现在的感受,虽然我与王姐接触时间不长,但我知道王姐以前是很爱漂亮、也很在意自己形象的。现在她不在了,但我想她的在天之灵也希望自己有尊严地离开人世。我这么做只是帮助她完成自己的心愿罢了。"说完,转身走出病房,望着海燕瘦弱的背影,王姐的儿子默默地摘下那厚厚的三层口罩,对她深深地鞠了一躬。

天堂里没有病痛,愿她永远美丽!这也是长宁区程家桥街道社区卫生服务中心舒缓疗护病房所有工作人员,对每一位逝去的患者最后的祝福。

第六篇
寂静开放的花

生命·尊严

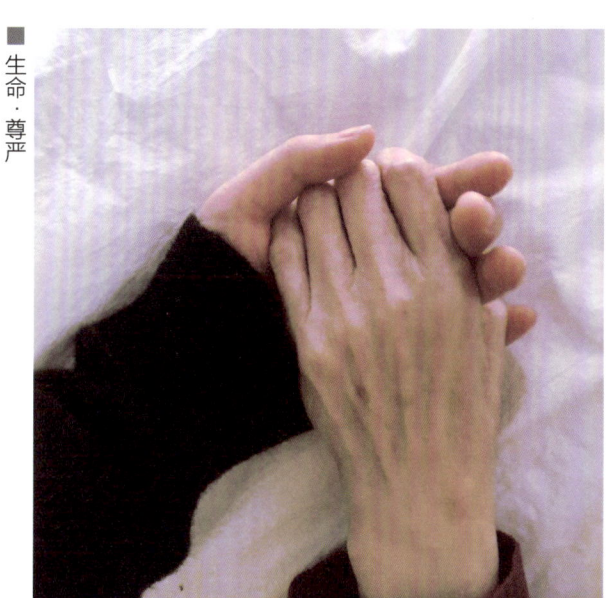

■ 音乐疗愈——医务社工、志愿者、家属为晚期肿瘤患者吟唱诗歌。

临终/安宁疗护的起源与理念

你很重要,因为你是你。

——西西里·桑德斯(现代临终关怀运动的先驱者)

安宁疗护方式的开创者是英国人桑德斯(Dame Cicely Saunders)。1947年她照顾一位年轻的癌症病人大卫·塔斯马,两人建立了深厚的友谊。她目睹垂危病人的痛苦,决心改变这一状况。1967年,她创办了世界著名的临终关怀机构 ST. Christopher's Hospital,使垂危病人在人生旅途的最后一段过程得到需要的满足和舒适的照顾,"点燃了临终关怀运动的灯塔"。

我们传统观念里非常重视优生,但是很少有人关注"优逝",随着中国快速老龄化和疾病谱的变化,安宁疗护已成为养老照护领域越来越重要的主题。

安宁疗护的理念是通过由医生、护士、志愿者、社工、理疗师及心理师等人员组成的团队服务,为患者及其家庭提供帮助,在减少患者身体上疼痛的同时,更关注患者的内心感受,给予患者"灵性照护"。

安宁疗护让谢幕伴以尊重。进入病程后期的患者身体状况已难以承受过于激烈的治疗,居家照顾则面临着饮食起居、疼痛管理等一系列难题。安宁疗护的使命并非治愈疾病,而是提高晚期病人的生命质量,让他们舒适、有尊严地走完最后的旅程。这一理念强调尊重患者的人格,是对患者的尊重和关怀,注重与患者的沟通和心灵上的交流,以满足患者的心理需求为使命。对于临终阶段的患者,虽然疾病本身无法治愈,但医护人员却可以通过有效沟通实施灵性关怀、对家属的哀伤辅导等层面给予患者与家属更多的帮助和安慰,让患者有尊严地、舒适地度过人生的最后旅程,也让家属有尊严地开始新生活,体现有温度的医学人文关怀。安宁疗护注重人性和灵魂的关怀,为生命终点提供健康服务和健康保障,彰显医学人文旨向。

安宁疗护主要是"照护(care)"而非"治疗(treat)",安宁疗护并非等死,也不是放弃治疗,只是放弃种种徒增患者痛苦、浪费卫生资源、无益甚至有害的所谓"对因治疗""治愈性治疗",如:抗癌治疗、抗艾滋病病毒治疗、神经元疾病和免疫失调类疾病的激素治疗、重度感染的抗生素治疗等。代之以让临终患者以更舒适的状态和更积极的心态去过好当下每一天,强调对生命绝不轻言放弃,减少患者身体的不适和痛苦,使他们在行将离世时仍然感受到人间的亲情和温暖，患者亲友也会从中得到慰藉。

安宁疗护患者放弃心肺复苏术，对临终、濒死或无生命征象的患者，不施予气管内插管、体外心脏按压、急救药物注射、心脏电击、心脏人工调频、人工呼吸或其他救治行为。安宁疗护尽可能给子女创造"尽孝"的机会，让家庭成员感受到来自彼此的爱与关心，在有限的时间里帮助患者努力实现有可能实现的心愿，做到不求死、不怕死、不等死。对于有需要的家属提前进行哀伤辅导，同时将传统丧葬仪式作为哀伤辅导的重要环节，帮助家属顺利度过哀伤期。

中国安宁疗护开展较早且较成熟的是香港地区和台湾地区。"安宁疗护"一词始于我国台湾。1982年香港九龙圣母医院首先成立关怀小组，为晚期癌症病人及其亲属提供善终服务。1983年，台湾天主教康泰医疗基金会成立癌症末期病人居家照顾服务，首先开创了中国台湾地区安宁疗护居家服务。1988年天津医学院成立了临终关怀专门研究机构，1990年上海市退休职工南汇护理院建立了临终关怀病房。之后全国各地相继成立了不同类型的安宁疗护机构。2011年国家卫计委在全国范围内开展了"癌症规范化治疗示范病房"。

病人的权利清单

我有权利被当做一个活着的人对待。

我有权利保有希望,尽管希望的内容可能会变。

我有权利被那些充满希望的人照顾,不管这是多么有挑战性。

我有权利用自己的方式来表达对死亡的情绪和感受。

我有权利参与关于我的护理决定。

我有权利得到持续的治疗和护理,纵然无法被治愈,只能使痛苦缓和。

我有权利不孤独地死去。

我有权利不受痛苦。

我有权利得到问题的诚实回答。

我有权利不被欺骗。

我有权利在家人的帮助下直面死亡,并帮助家人接受我死亡的事实。

我有权利安详、有尊严地死去。

我有权利保持自己的个性,不会因和别人相反的决定而受到谴责。

我有权利期望我的身体能在死后有一处庇护所。

我有权利被细心、敏感、知识渊博的人照顾,他们会努力理解我的需求,在帮助我面对死亡的过程中感到满足。

——(摘自《癌症护理》)

面对生命的终点,你最后悔的是什么?

日本临终关怀医生大津秀一,陪伴并送走了上千名临终病人,在聆听了他们的心声,体会到他们和亲人间最后的相依相伴之后,总结出了25件人生中最后悔的事。

75%的人后悔因为太忙、太累、太为生活所迫,而没有做自己想做的事;

70%的人后悔没能实现自己的梦想;

62%的人后悔没有尽力帮助过别人;

57%的人后悔没有好好珍惜自己的伴侣;

50%的人后悔没有谈一场永存记忆的恋爱;

只有11%的人后悔,没有赚到更多的钱。

人都不完美,无论准备得多么充分,做得多么出色,最后回顾自己的人生时,总会或多或少觉得遗憾。

大津秀一在多年行医经验的基础上，在亲自听闻并目睹了近1000例病患者的临终遗憾后，写下了一本书《换个活法：临终前会后悔的25件事》。他希望用这本谈论"人生至悔"的书来提醒人们从生活方式上入手，重新开启积极的人生。换个活法，或许人生就会大不相同。

后悔之事一：
没有去想去的地方旅行

想去某地而未成行，是让最多人临终前后悔的一件事。

即使是生命晚期（即只剩下6个月生命时）也不是不能去旅行的。别怕给他人带来许多麻烦，只要想去就去吧！有一位患者，在临终的前一天突然想去日本海。京都是内陆地区，海很远，但他很坚持，因为这是"最后一次"了，家人同意了，于是大家一起乘车北上。他的轮椅停在滨海岸的沙滩上，他在沙滩中央满足地眺望大海，深深叹息。这次最后的远足为他的人生画上了圆满的句号。

有句歌词这样唱道：有烦恼就去旅行吧，而我想说，即使没有烦恼，想旅行的时候就去旅行吧，这样就不会留下遗憾了。

后悔之事二：
没有和想见的人见面

如果有想念的人，就一定要立刻与他相见，我们都是这样想的，却没有几个人能真正用心做到。东方人的美学意识非常强，当他们年老患病躺在床上时,更不愿那种体弱衰老之态被别人看到,总想着等稍微好点再见面,结果直到最后离开人世时也没能见到想见的人,留下许多遗憾。

所以,如果有思念的人,现在就去相见吧。如果只是想一想,也许几年时间就过去了,会留下终身的遗憾。

后悔之事三:
没有认清活着的意义

有这样一位老人,年轻时通过不懈奋斗,成功建立了一家大公司,他把事业成功作为自己的人生目标,且在一生中对自己的选择总是充满自信、无怨无悔。当他80多岁时罹患肺癌将死之际,他问自己:"为了事业伤害他人、冷落亲人,值得吗?"他开始怀疑自己的人生。实际上,为社会作出贡献相比个人事业的成功更能让人在晚年活得心安理得。在老人住院期间,他送给每一个看护他的实习医生一张彩纸,用"将来发展医疗事业的重担在你们身上,努力吧!"这样的话来鼓励他们,许多实习医生很受鼓舞。老人对我叹息道:"这才是人生的价值啊。假使能与人宽容、互相扶持,我想我的人生会活得更满足。"

人到了生命的最后一段路程时,已经难以靠自己去做些什么了,而这时如果没有对自己活着的意义和价值的坚定信念的话,就会总是陷在悲伤里。这时只有强化自己的社会性,也就是说在与人的友好交往中确立自己的位置,发现活着的意义,才会令人内心平静。

后悔之事四：
没有享受到美食

讲究吃的人并不占多数。平时我们工作忙碌,很少把吃看得很重要,总是随便对付两口,裹腹即可。有没有想过有一天,你胃口尽失,美食摆在面前却无法享受。这是多么无奈和痛苦的事情。更难受的是,旁人总是难以理解,一味地劝说:"多吃一点,不吃身体会垮掉的。"患者跟我聊天时常说:"被人逼着吃东西的滋味真不好受。"明明没有食欲,却为了体贴亲人的心情勉强吞咽那些营养丰富的食品。那些我们眼中的珍馐美味,对他们来说味同嚼蜡。

生命渐渐暗淡之际,人的食欲也会慢慢消退。即使心里还想吃,可胃和嘴早已做了逃兵。就算勉强吃进去,也是食之无味,最后总是哀叹一声,满是失望之情。直到去世前都有好的食欲、吃得美味开心的人几乎没有。所以平时有什么想吃的、喜欢吃的就应该多吃点,而且应该和亲人朋友们一起分享品尝美食的快乐。

后悔之事五：
没有考虑过身后之事

最近葬礼的形式变得多种多样起来。

人们不再一味追求隆重豪华的葬礼,也不再计较出席来宾的多少，只要最亲近的人到场就可以了。

说起来好像一个黑色幽默似的，葬礼的最大特征是，主角缺席。他无法指导任何事，也没有机会挑剔，即使这场葬礼很不符合他的心意，他也束手无策，只能被动接受。

唯一能做的，就是在天上冷眼旁观，默默忍受。

也许是为了避免留下这样的遗憾吧，最近日本开始流行生前葬。人们还活着的时候，就提前为自己举办葬礼，他们会邀请有缘人和长久以来关照过自己的朋友参加，以表示谢意。有些知识分子也会借助生前葬的仪式，来表达自己退出某个圈子、终止社会活动的意愿。

想想真是非常有趣，这样的葬礼似乎更有意义，主角能够亲耳听到人们的发言，对自己人生的总结，这肯定要比躲在天上旁听干着急要好吧。

这样的仪式也能帮助人们摆脱对死亡的恐惧，以从容淡定的态度直面生死。

（摘自《换个活法：临终前会后悔的25件事》，大津秀一著，语妍译，中信出版社）

安宁疗护 生命最后的尊重

——长宁区程家桥街道社区卫生服务中心品牌特色

长宁区程家桥街道社区卫生服务中心是上海市首批开展安宁疗护服务的18家试点单位之一,2012年8月开展安宁疗护(临终关怀),当时开设了12张床位。2014年扩建安宁疗护(临终关怀)病区,目前有36张临终关怀床位。中心目前拥有4个病区,分别是安宁疗护、康复医学、老年护理、舒缓疗护,共180张床位。全院共设80张临终关怀床位,其中44张为安宁疗护科,收治非癌症临终患者;36张为舒缓疗护科,收治癌症临终患者。

中心开展安宁疗护(临终关怀)工作以来,主要收治长宁区晚期肿瘤诊断明确且病情不断恶化、现代医学不能治愈、属于不可逆转的终末期,预期存活期三个月之内的患者。既缓解了长宁区二、三级医院病床的紧张程度,同时缓解了晚期肿瘤患者住院难的压力,减轻了晚期肿瘤患者家属的精神压力。

自2012年8月开始收治晚期肿瘤病人至2019年10月,收治1105人,出院1158人,其中死亡854人。患者通过区域转诊总人数212人,其中社区家庭医生转诊75人,舒缓医院转诊57人,其他转诊80人,共开展舒缓门诊评估1527人次,收治数据居全市前列。通过五年来的学科建设,舒缓疗护科成绩蜚然。先后获评为长宁区特色专科、长宁区名专科。通过已形成的长宁区临终关怀服务网络体系,中心把"安宁疗护"专科建成长宁区临终关怀服务中心,承担长宁区的临终关怀教学工作,成为长宁区临终关怀培训基地。

特色护理舒缓晚期肿瘤患者

为了进一步缓解患者身体的疼痛不适,慰藉患者的心灵,关护患者的精神,中心建立入院疼痛程度评估制度,执行三阶梯止痛原则,观察肿瘤患者疼痛减轻情况,调整给药剂量,指导患者及家属正确的使用方法,告知吗啡类药物的常见不良反应及处理措施,给予患者及家属鼓励,缓解患者身心痛苦。所有入院的肿瘤患者,在入院8小时内都会给予癌痛评估,根据NRS评分结果,大于3分给予规范化的镇痛治疗。

同时引入中医耳针穴位按摩治疗、中医定向透药、穴位敷贴等适宜技术,给患者活血化瘀、疏通经络,以提高其免疫功能,减轻疼痛,改善患者睡眠,提升生存质量。

针对入住舒缓疗护科的晚期肿瘤患者时常伴有焦虑、烦躁等心理、精神不适的情况,舒缓病房开展了特色护理,同时引入医务社会工作机制主要包括：与患者进行对话、聊天，陪伴他们浏览报刊杂志的爱心话聊；为患者朗读书籍内容，通过传递书中的信息和精神来缓解终末期患者内心的压抑、恐惧、厌世等负性情绪的陪伴阅读；帮助患者减轻身体痛苦、在情感上诱发对过去的回忆，安慰患者悲痛情绪的音乐疗法；通过手的触摸使患者和医护人员之间产生亲切感，进而减轻患者痛苦的治疗性抚摸疗法等。

中心的安宁疗护（临终关怀）工作人员都通过相关专业岗位培训，他们了解终末期患者的身心需求，并按照他们的需求为患者提供具体的个性化照顾。他们认识到，所有的晚期患者都是希望沟通、表达愿望、被人理解和接受的。比如音乐疗法中，他们会在临终病人意识清醒时，首先征询临终病人是否愿意听音乐，喜欢听哪种类型的音乐，然后将调好的音乐放到他的耳边，使病人在熟悉的音乐中进入临终状态，并将疼痛、烦躁和恐惧的临终过程转换为平静、坦然无痛苦的心路历程。让临终病人积极参与音乐治疗和引导性想象，对于他们平静舒适的离世是非常有帮助的。他们还鼓励并手把手教会家属也参与到治疗性抚摸疗法中，并告知家属要保持心情舒畅、充满爱意，使用安慰性语言和亲切目光与患者交流，使患者始终处于安宁平和的状态中。2016年，中心成功申报"长宁区安宁疗护特色专科"。

医务社工创新融入安宁疗护

中心医务社工部有3名持证社工,在安宁疗护的整个过程中起到了引导作用。医务社工工作专业化、标准化、规范化,得到了上海市卫生健康委领导及三级医院专家的充分肯定,病人及家属的满意度达到100%。

医务社工的工作与医生护士不同,他们首先要针对新入院的患者开展病房查房及评估,及时了解他们身体、心理、社会等方面的问题和诉求,对有需要的服务对象提供有针对性的介入,进行心理、社会评估,制订服务计划、链接社会资源并予以实施。

通过每天的病房探访,医务社工对有需求的患者及家属提供情绪疏导、心理支持、解疑释惑和信息提供等服务,内容包括:协助病人熟悉医院环境;评估、干预患者的生理、心理及社会问题;为病人及其家庭解决实际困难、寻求与整合社会资源;提供危机介入;疏导患者及家属情绪;帮助申请公共援助;临终关怀;哀伤辅导等。可以说,安宁疗护工作每个环节的开展都离不开医务社工的工作。

与医生护士针对患者本人的支持性治疗不同,医务社工会针对安宁疗护病房患者及家属建立情感支持小组,采取开放的、平等、面对面的互动方式,为临终患者创造一种支持、表达内心感受的团体氛围,探讨分享对疾病的感知和自我觉察。帮助患者家属组成互助小组,增进彼此的联结和支持,提升照顾技巧与应对哀伤的能力，促进患者家庭的哀伤告别与生命重塑。针对医务人员开展减压小组活动及生命教育小组活动；老年科针对患者开展康复记忆小组活动。同时，与社区肿瘤条线、健康教育、健康促进工作相结合，针对社区慢性病及重点人群开展生命教育、急救防护知识、中医康复、自我照护知识等系列主题活动。建立社区癌症患者支持性微信小组群，提供线上、线下互动支持。

中心开展临终关怀服务以来，通过媒体、电视、社区讲座、宣传手册等，积极宣传临终关怀服务理念，对肿瘤晚期患者、社区慢性病及特殊人群（特困、失独、孤老等）的服务需求作现状评估，深入开展社会工作服务。引入社会资源，加强与社区、学校、企业对接，通过资源平台相互融合，进一步提升对住院患者的人文关怀。

探索生命教育之"生命彩虹桥"

安宁疗护的初衷是为了服务临终患者，但是，安宁疗护的外延并不止于临终关怀。对临终患者的关怀，本质上来说，也是对生命的关怀与照顾。

为了更好地将尊重生命的理念推广给更多的人，中心努力建设全方位、全周期的健康管理服务体系，整合医疗资源，将生命教育与临床实践相融合，开展参与式生命教育实践活动，通过院内一对一、家庭、小组生命教育活动和院外小组、社区生命教育大讲堂相结合的方式。通过给服务对象提供敞开心扉、表达内心感受的机会，缓解其心理压力、环境压力、死亡焦虑等问题，促进个体生命意义的挖掘和价值的实现；积极构建院内、院外联动性生命教育工作坊，让肿瘤患者、照护者、社区居民感受来自家庭和社会的关爱及支持，提升社会大众对生命教育乃至死亡教育的关注、增进家庭关系及社会融合。促进服务对象自我价值与人生意义的实现，为社会不同人群的生命教育提供参考样板，提高社会大众的幸福指数。将生命教育贯穿于生命的各个阶段，积极引导人们认识生命的意义、追求生命的价值。构建家庭、社区、医院合力的三位一体生命教育关爱体系和服务模式，推进全民的生命教育倡导与推广。目前中心有来自长宁区癌症俱乐部的60余名稳定志愿者，也有中学生及职工子女志愿者。志愿者服务的主要内容包括：不同科室的探访与聊天，为病人提供心理抚慰和精神关怀；主题节日的爱心送温暖以及文艺表演，他们丰富了患者院内的日常生活，为患者带去了很多温暖和帮助。

舒缓疗护团队历年来先后获得2015—2017年度上海市卫生计生工作先进集体、2016年起连续四年获得长宁区工人先锋号、全国"关爱生命　奉献爱心"先进集体、长宁区"优秀志愿者服务基地"，"与爱相伴—构建肿瘤患者连续性支持网络体系"获长宁区卫计系统第三批医疗服务品牌金牌项目等荣誉。

2018年底，新增安宁疗护科在解决目前肿瘤晚期患者安宁疗护需求的基础上,增加对处于生命终末期非肿瘤患者的收治能力。安宁疗护科在开诊近一年来,积极探索分级诊疗中社区安宁疗护与上级医院转诊标准及流程,通过和上海市同仁医院等综合性医院的联动,做好社区居民全生命周期管理的最后一站,并有效降低医疗费用的支出。根据中心各病区的优势及特点,充分借力,医疗上积极治疗并发症;借助康复科有针对性地进行语言功能训练、肢体运动功能康复训练、大小便训练等;营养师参与营养指导,改善患者营养状况;舒缓疗护科特有的医务社工、志愿者参与心理援助,安抚患者以及家属,形成各病区各有特色,又融为一体的格局。

中心还在品牌特色中积极融入中医药适宜技术,"耳穴治疗改善恶性肿瘤晚期患者睡眠障碍"不仅顺利完成上海市中医药参与临终关怀项目的研究,在日常运用总结基础上,2019年还积极申报上海市安宁疗护中医药适宜技术项目,同时作为协作单位,与上海市龙华医院、上海光华中西医结合医院、长宁区天山中医医院等共同在安宁疗护的中医药适宜技术项目上开展研究,努力为进一步提高临终病人生命质量而不懈努力。

安宁疗护的政策发展（2012—2019）

20世纪70年代中期，美、德、法等发达国家建立起各种形式的临终关怀机构。1987年，中国有了第一家临终关怀医院。内地一些城市也确定了试点医院，提供临终关怀床位。安宁疗护服务是老年护理服务的重要组成部分，也是反映城市政治制度、经济文化、社会文明进步的重要标志之一。安宁疗护可以提高晚期患者临终生命质量，促进医疗资源合理利用和城市文明程度进一步提升。

我国在癌症患者日益增多、人口老龄化逐渐加剧、医疗资源日渐短缺等多重背景下，急需大力发展安宁疗护。安宁疗护的开展可以节约医疗花费；避免了很多无效及过度医疗。当医疗面临极限，死亡无法避免时，安宁疗护给了患者和医疗人员另外一种最人性化的选择。

上海的安宁疗护始创于2012年，当年建床位226张，主要设在社区卫生服务中心或老年护理院，基本上每个区县有1家。

2012年2月,上海一位市民在网络上致信上海市委主要领导,反映其患晚期癌症的父亲住院困难。此事迅即得到上海市委市政府主要领导的高度重视和积极回应,并表示"特别要在癌症晚期病人的关怀上,争取在制度上有所前进"。2012年上海市"两会"上,时任上海市长的韩正同志在政府工作报告中特别提出要"开展社区临终关怀"。此后,韩正同志多次部署推进这项工作。上海将推进"临终关怀"工作纳入2012年政府实事工程,明确提出,全市17个区县都要设立一个"舒缓疗护"病区,专门收治癌症晚期患者。经努力,全市17个区县在18家社区卫生服务中心设立了"舒缓疗护"病区,项目总投入2437.86万元,设立床位226张。为肿瘤晚期患者提供居家和机构相结合的安宁疗护工作,开了全国之先河。

2014年,再次将舒缓疗护(临终关怀)作为市政府实事项目,上海市政府实事"新增1000张肿瘤晚期患者和临终老人安宁疗护(临终关怀)床位",项目提出年新增机构安宁疗护病床600张,居家床位400张。截止至2014年9月,共有76家市级安宁疗护试点。

2015年,国务院办公厅转发《关于推进医疗卫生与养老服务相结合的指导意见》,明确要建立健全医疗卫生机构与养老机构合作机制,整合医疗、康复、养老和护理资源,为老年人提供治疗期住院、康复期护理、稳定期生活照料以及临终关怀一体化的健康和养老服务。

安宁疗护管理逐步走上法治化轨道。

2016年,中共中央、国务院印发《"健康中国2030"规划纲要》,明确提出全民健康是建设健康中国的根本目的,要实现从胎儿到生命终点的全程健康服务和健康保障,全面维护人民健康。要完善医疗卫生服务体系,加强康复、老年病、长期护理、慢性病管理、安宁疗护等医疗机构建设。

2017年,国家卫生计生委决定对《医疗机构管理条例实施细则》(原卫生部令第35号)作出修改,将"安宁疗护中心"列入医疗机构的类别。

2017年发布了《安宁疗护中心基本标准及管理规范(试行)》和《安宁疗护实践指南》(试行),以指导各地加强安宁疗护中心的建设和管理,规范安宁疗护服务行为,从而为疾病终末期患者在临终前控制痛苦和不适症状,提供身体、心理、精神等方面的照护和人文关怀等服务,以提高生命质量,帮助患者舒适、安详、有尊严地离世。

2017年10月,第一批全国安宁疗护试点在北京市海淀区等五个市(区)启动。经过一年半的工作,第一批试点工作取得了积极进展,构建了市、县(区)、乡(街道)多层次服务体系,形成医院、社区、居家、医养结合和远程服务五种模式,制度体系基本形成。部分省份参照启动省级试点,全国安宁疗护服务呈现良好发展态势。

2019年5月,国家卫健委印发《关于开展第二批安宁疗护试点工作的通知》，在上海市和北京市西城区等71个市（区）启动第二批试点。

随着中国老龄化快速发展，现在中国60岁以上老年人口达到2.5亿，占总人口的18%，还有4000万失能和部分失能老人。但是老年医疗机构、康复机构、护理机构、安宁疗护机构及护理人员数量严重不足，服务能力严重不足，这和老年人的迫切需求差距非常大。

国家卫健委首先把"安宁疗护"列入老年健康服务体系的一个重要方面；其次，完善标准规范，制定出台安宁疗护进入的指导标准，明确安宁疗护用药指导、专家共识等；第三，要把第二批试点工作搞好，争取通过经验的积累，尽快把安宁疗护在全国全面展开。上海安宁疗护服务进一步的目标是在老年护理机构、社区卫生服务中心成立临终关怀科，设置安宁疗护床位，同时建立健全老年护理床、安宁疗护床、家庭病床"三床"之间的合理转介机制。建立起肿瘤患者及其他慢性疾病终末期患者"综合医院—安宁疗护病区—社区居家"的多层次网络服务体系，实现临终关怀服务全覆盖。通过对临终患者及其亲属的躯体症状、社会心理和精神心灵的支持关怀，改善临终生命质量。

安宁疗护社工干预案例

生命中的闪光点,可以照亮前行的幽谷
——叙事疗法下癌末晚期患者的个案介入

一、基本资料

案主张女士,64岁,因"卵巢癌术后一年余,腹胀半月"于201×年×月×日入住本院舒缓疗护病房。案主曾于201×年×月无明显诱因下出现腹胀,至上海同仁医院消化科就诊,治疗后效果不佳。CT检查,发现卵巢占位,后至瑞金医院妇科就诊,确诊为卵巢癌,行手术治疗、化疗及中药治疗。既往2型糖尿病史。

住院一星期后出院,去肿瘤医院进行靶向新药的试验。出院时案主病情尚平稳,精神状态不错。这使案主感觉有一线希望,认为自己仍有好转的可能。11月20日再次进入本院舒缓疗护病房。此时状况不容乐观,陪同的妹妹说:她在家里经历了

一场自杀未遂。原来，自从本院出院后，在肿瘤医院新药试验期间，需要检查身体的各项指标，符合试验要求才能进行后续治疗。然而，案主的身体指标不符合试验要求，故只能搁浅。最后的希望也落空了，案主陷入求生不能的困惑，进而陷入绝望。当保姆走开三个多小时，她的情绪突然陷入崩溃和绝望，她毅然用打大剂量胰岛素、割腕等方式，试图结束自己的生命。幸好保姆赶到，将她抢救回来。家人将她再次送到了本院的安宁病房。

二、案例背景

案主的婚姻曾经是幸福美好的。在黑龙江知青的岁月里，案主遇到了自己的人生知己，两人共同走进了婚姻的殿堂。婚后丈夫与她恩爱有加，对她体贴、很是细致入微。唯一的儿子非常优秀，几年前到海外发展。不幸的是，丈夫今年9月去世，这给原本可以安享晚年的案主造成了无法承受的创伤。在生活方面，案主一直照顾丈夫离世，而自己家人远在他乡，案主身患重病在最需要照顾的时候，却无人能承担起这份职责，案主的生活照料也面临困境。

在医疗上，案主的医药费需要自己先行垫付，再回到家乡吉林报销。案主的一切退休供给关系都在吉林。全国联网的异地医疗费医保虽可以使用，但也只限于三甲医院，有些医院并没覆盖。按政策，在上海的外地人患大病重病，街道是有有关补助政策的，可案主又觉得手续繁琐，未去办理，故看病只能自己全额支付。她身心疲惫，万念俱灰。在往返奔波各大医院后，最终入住了本院舒缓疗护病房。

三、呈现问题

1. **丈夫离世引发的精神创伤**：两个多月前，丈夫患病去世，这对年近七旬的案主来说是一个无法承受的打击；另一方面，自从靶向新药的希望落空后，案主万念俱灰。在家中自杀未遂，当再次送进安宁病房时，状态更加一蹶不振，精神萎靡。

2. **家庭支持薄弱**：虽然案主希望儿子留在身边，互相照应。但为了他的前途，最终儿子还是远渡重洋，在海外有了新的家庭和事业，案主的其他亲戚都远在他乡。因此，当下案主的疾病无法得到家人周到的照护，家庭支持系统较为薄弱。

3. **经济状况问题**：由于案主的供给关系在外地，医疗费用需要自己先行垫付，然后回到家乡再行报销。而目前全国联网的系统只能在三甲综合性医院操作，在社区医院尚未铺开。这也给案主的治疗带来了许多负担和忧虑。

4. **身体状况**：身体每况愈下，生活自理都受阻，腹胀明显，不适感日趋增强。

四、理论基础：叙事疗法

叙事疗法认为人的生活经由不同的"故事"构成。意义来自社会互动，在互动过程中人们可以改变和修订意义。

叙事疗法的实践原则包括：(1)聚焦形塑案主生活的叙事。(2)个人与问题的分离。(3)重构主流故事。

叙事疗法是短期的、精要的，聚焦于案主的权力和能力并重新建构生命叙事。

五、干预目标与策略

1. 干预目标

通过叙事疗法、人生回顾、强化支持关系等途径，增强多重支持关系，帮助案主舒缓自身情绪，借由生命叙事疗愈哀伤，从而对当下抱有积极的信念。

2. 干预策略

（1）医务社工进行专业的心理干预与哀伤辅导，给脆弱的心灵予以支撑，使案主的情绪得以舒缓。

（2）运用叙事疗法，回顾过往人生经历，并强化经历中积极的一面。

（3）增加案主对自己疾病的客观了解，链接医疗资源，提供照护便利。

（4）通过强化社会支持网络，促进案主家属、志愿者、医护人员等不同主体对案主的支持度。

六、介入过程

1. 安抚情绪,哀伤辅导,用沟通技巧引发案主沉思

由于案主是二次入院,与医护人员、医务社工等已经很熟悉。案主告诉医务社工她在家自杀未遂的事。医务社工对她的做法不予认同,通过面质、澄清的沟通技巧引导案主看到自身状态和意图,即之前的自杀只是为了逃避,且会给家人造成永远的阴影和负担。医务社工又尝试同理案主:"因为心里太痛苦了,想离开的同时又放不下唯一的孩子。"案主点点头,情绪逐渐缓和下来。医务社工又借着孩子和重要他人,唤醒案主对生命的留恋。

2. 叙事疗法,在人生回顾中重现美好的闪光点

在交谈过程中,案主无意间谈到了年轻时与丈夫的一段浪漫过去,案主与丈夫是自由恋爱,并且在那个年代中,案主鼓起勇气主动追求仰慕的丈夫,最终两人修成正果。以及回忆起儿子在童年的优秀时,脸上的表情略显舒缓。医务社工自然地将话题引到案主过去的美好经历上。并在故事的述说中,引导案主看到自己生命经历中的美好。透过这些经历来赋予当下正面的力量,从而看到虽在苦难中但自己仍有力量去面对。

3. 医护社结合，强化多重支持关系

医务社工除了积极鼓励案主在上海的亲人多来照料，帮助家属意识到，家人陪伴的重要性是无可替代的，以及作为家人身上所应承担的责任。还链接了志愿者定期来陪伴案主。另外，医务社工也与床位医生和责任护士沟通，嘱托在与案主沟通时适当给予一些关怀的话语。医务社工也关照护工多多给予照护，多为病患考虑一下，照顾之外也给予安抚。逐渐地，医务人员也渐渐意识到，人文关怀在此刻对案主来说弥足珍贵。

4. 案主含泪，安宁告别

在某个宁静的清晨，案主在家人的陪伴下，紧紧握着家人的手静静地离开了人世。唯一的遗憾是，案主的儿子未能及时赶回来见母亲最后一面。在儿子赶到医院后，医务社工告诉他母亲走的时候非常宁静，没有不适的症状，也给了儿子多了一点安慰。

七、评估与反思

在个案服务中，医务社工运用了平等、尊重、接纳的专业理念，以助人自助、案主自决的工作原则，与案主建立了良好的专业关系，在个案服务中是引导者、支持者、陪伴者。在开展服务的过程中注重对案主负面情绪的疏导，关注其兴趣特点，考虑到

她身边无亲人照料的实情，以全方位照顾支持为初心，在数次个案服务中，逐渐减轻其生理、心理压力，与案主一同努力学会与负面情绪相处，增加正面积极的信念。

1. 当案主痛失爱人，极力呼唤亲情，需要儿子陪伴她度过最后的时日时，尽管医务社工一再催促案主妹妹，呼唤游子归来。但由于种种原因，儿子延误了归期，致使母亲带着唯一的遗憾离开了人世。

2. 在住院过程中，案主需要承担很多经济负担，而原本异地医疗费的医保报销已全国联网，可在社区医院尚未覆盖到，因而异地医疗费用得不到妥善解决，给案主带来沉重的经济负担，此需求未得到完全解决。

3. 在个案服务中，案主几次向医务社工提起安乐死。面对案主的诘问，医务社工很容易落入伦理困境以及职业无力感中。没有力量可以与死亡相抗衡，如何引导案主的非理性需求，转化负面情绪，对医务社工来说仍是巨大的挑战。

4. 案主虽然有子女和亲人，但却出现了不是孤老，胜似孤老的窘况。案主的经历也代表了同龄一代的共性，即子女远迁海外的"空巢老人"。对这一群体医务社工可以继续发挥更大的作用。

一个社会的进步不在于强者的生活和地位，而在于困难群体、底层群体基本生活的改善和其社会地位的提高。在社会工作中，对困难群体问题的解决，会更有力地促进社会进步。让我们共同勉励,砥砺前行!

备注:

在干预此案例时,医保异地结算系统尚未全面升级,不能实现跨省异地结算医保费用。2018年全国医保异地结算政策施行,异地医保跨省结算报销的难题圆满解决。

心,在这一刻宁静
——对一例认知偏差患者的个案介入

一、案例背景

案主王女士,女性,73岁,因乳腺癌术后伴多发转移,于201×年×月×日住进长宁区程桥社区卫生服务中心舒缓疗护病房。入院时,生存期评估70分。

案主夫妇曾是西宁支内人员,案主曾在酒店担任管理工作,其老伴是西宁大学宣传部副部长。二十年前她跟着老伴,落户上海。如今儿孙满堂,孩子事业有成。然而,案主的身体疾病却一直打破着生活的平静。案主乳腺癌术后12余年,曾经因引流管深埋体中未取出导致医疗事故,尽管通过正当途径,该医疗事故已得到解决,却给案主的身心造成了不可磨灭的消极影响。20多天前,案主在家看电视,突然腿骨裂(乳腺癌骨转移),疼痛不已,遂入院治疗。案主被诊断为乳腺癌术后伴全身多发转移,易发生病理性骨折。

三甲医院床位紧张,家中儿女工作繁忙,老伴年事已高,且患有诸多慢性病,没办法得到应有的长期照护。儿子也无从知晓晚期肿瘤患者应到何处才能得到应有的救治,对安宁疗护的理念更是不甚了了。万般无奈之下,儿子辗转找到某新村居民区书记的工作室,问题立即得到了解决。第二天,便安排案主住进长宁区程家桥街道社区卫生服务中心的舒缓疗护病区,开启了一个晚期肿瘤患者的安宁疗护历程。

二、呈现问题

1. 案主对入住安宁病房的环境尚无法适应;
2. 案主对自身现状存在非理性认知和较重的负面情绪;
3. 对已发生的事实和过往的创伤经历无法坦然接纳,从而加重当下的焦虑状态。

三、理论基础:理性情绪疗法

理性情绪疗法建立在人性之复杂和可变的假设基础上,其基本理论主要是 ABC 理论。

人的情绪和行为障碍不是由某一激发事件(A)直接引起而是由于个体对该事件不正确的认识和评价(B)所引起的信念,最后导致特定情景下的情绪和行为结果(C)。如果进行干预,则会产生 D(质疑不合理的信念),进而产生 E(新的信念),从而出现新的情感或结果。

四、干预目标与策略

1. 干预目标

通过理性情绪疗法及沟通技术,引导案主逐渐与过往经历和解,接纳当下的真实状态,从而获得内心的安宁与平静。

2. 干预策略

(1) 通过同理心、接纳与积极倾听,与案主建立充分的信任关系;

(2) 借由案主口述内容,从非理性的部分出发,聚焦案主经历的负面事件;

(3) 运用理性情绪疗法,对案主"糟糕透了"的非理性信念进行讨论与对质,引导案主正视自身态度;

(4) 通过与案主再次回顾自身生命经历,帮助案主进一步领悟积极信念的意义。

五、干预过程

1. 保持接纳与非评判的态度,建立信任关系

案主住院后,看见病房的病友都是年老的,且没有生气,更

谈不上能与之聊天,案主觉得闷得慌。自己除了一条腿不能动,别的都活动自如,跟这些整天不说话、躺在床上等人喂饭的不能动弹的老婆婆们在一起,没有人可以交流。案主心情沮丧,无法适应住院环境。并且焦虑情绪较重,常常陷入绝望。案主老伴常常跟医务社工吐露难处,希望医务社工多去开导开导妻子。科室主任、床位医生也说老太太一直很吵,请医务社工能否进行个案干预。

医务社工前去病房探访案主王阿姨。并与案主老伴交流、沟通,要解决问题需要家人的共同参与。下面的对话是与案主沟通时的节选。

医务社工:阿姨,我们派了志愿者与你聊聊,最近心情有没有好一点啊?很多人告诉您要坚强,要积极乐观。其实听到这些话,您是不是觉得压力更大呢?阿姨,别人说是为您好,不过更重要的是,对您来说,不用强求自己一定要坚强乐观,照顾自己的内心感受。您看看同病室的黄阿婆都已经住院一年半了,现在仍然状态不错。您有什么憋屈,尽管说出来,我们一起想办法。(运用方法:接纳与非评判、榜样正面带领)

案主:我就是有点焦虑,看到同病室的这些人奄奄一息,等着让人喂饭,也没人跟我说话,这环境与我想象的相差甚远,我怎么能在这样的环境里待呢?要知道,要不是腿突然骨折,我一直健身的。可我要不来这里,又能去哪里呢?大医院不收,家里没有医疗条件,再说左腿骨折,动都不能动。

医务社工:阿姨,每个人的情况都不一样的,您也知道自己和他们不一样,是不是?医生确实说,您现在的身体状况还是可以的。不过您知道吗?跟身体同样重要的,就是我们的情绪。有时候一个健健康康的人,每天只想最难过的事,时间长了他的身体会怎么样啊?(运用方法:理性情绪疗法、心理诊断与领悟)

案主:不开心了总归会得病呗,我也知道啊。可是我控制不住,你能不能帮帮我。

……

医务社工评估:案主的心理恐惧来源于对疾病的非理性认识,对安宁病房的环境很不适应,心理上排斥。医务社工运用理性情绪疗法向案主澄清事实,并向案主阐述安宁疗护理念,用事实告诉她生命本是无常的,坦然接纳已发生的经历,从而珍惜活着的时光。通过诊断、澄清与领悟的技术,让案主减少恐惧与担忧。

2. 借助关于信仰的讨论,弱化非理性认知

案主信仰佛教,医务社工部特地为她安排入教多年、潜心修行的虔诚的佛教徒作为志愿者,来为她祈福、传经、布道。记得某日整整一个上午,志愿者为她传经、祈福。案主聚精会神地听着,眼眶里时而噙满泪花,时而放着光,好像一个迷失方向的人终于找着了回家的路。

案主老伴也怀着浓厚的兴趣加入到对宗教的论辩中。他

说:"时下流行去寺庙佛龛捐钱,指望这消病消灾,而且有些是寺庙硬规定的,这是商业化的运作,我是冲着对佛学及佛教文化的敬仰,而不是对一些封建迷信的盲从。"多独特的思维,王阿姨很是赞赏。看得出谈论她所感兴趣的事情,她整个人的精神风貌就如同雨后的春笋,鲜活无比。

医务社工询问,从佛教的角度如何对待生命中的苦难。案主方才想起之前看的一句话:人来到这世上,本就是受苦的。而自己过往痛苦不堪的经历,不恰恰符合了其中的道理吗?案主在之后几天陷入了思考,言语也少了许多。

3. 重新面对过往经历,重建积极信念

一天,医务社工又去探访案主时。她主动告诉医务社工,这几天想了许多,但脑袋里仍有很多过不去的坎儿,能否跟医务社工一起聊一聊。医务社工欣然答应,并借此契机,重新引入案主对过往和当下的"灾难化"情绪,引导案主从信仰角度诠释这些事实。

在交谈过程中,医务社工发现案主除了关于过往就医的创伤,还有许多隐性担忧:如老伴的身材老了还是变化不怎么大,如同年轻时的样子,伟岸、魁梧,想想自己自生病以来,苍老、憔悴,有时想想老伴会不会嫌弃她。随后案主还拿出手机给我们看她自家的姐妹海外旅游、潇潇洒洒的生活状态,而她却俨然成了废人一般。这是医务社工在与案主的沟通中,所发现的案主

认知偏差的实例。

医务社工:"生活中总会有让我们沮丧悲伤的事实。其实发生的事情没有好坏之分,是我们看待事情的眼光出了问题。您想想,是不是和姐妹比较才让你觉得难过失落,甚至讨厌自己?一旦产生比较,特别是跟好的比较,肯定会觉得自己的经历太苦了,这样说您理解吗?"(运用技巧:面质、澄清)

案主点点头。

医务社工:那我们一个一个来看。像您的姐妹,她真的会嫌弃你吗?还有丈夫,他有抱怨过自己辛苦劳累或者对你态度上的嫌弃吗?

案主:这倒没有,我就是怕……

医务社工:"所以我们常常把脑袋里的'事实'变成真的事实,然后来吓自己,对不对?再反过来,您有没有真正想过,自己对这个家的付出。在你的教育下,孩子们个个都事业有成,连孙子辈都学业有成,所以你对这个家是有贡献的,亲人没有忘记你。老伴老伴,执子之手,与子携老,这是一个多么美好的境界啊!阿姨,珍惜才是硬道理。"(运用技巧:建议、优势视角、理性情绪疗法)

在医务社工的引导下,案主承认她其实是知道老头子照顾她也很辛苦。只不过被疾病左右了心情。这样以灵性与非理性信念辩论相结合的方式,使案主逐渐放下了心中执念,慢慢产生了接纳和坦然的态度。

4. 回顾介入过程，巩固服务成效

案主在病房的身体状况还算比较稳定的，在评估案主情绪有所好转后，医务社工在一次合适的情境下，与案主共同回顾了互相交流的整个过程。

医务社工评估：案主从信仰的角度，重新看待理解了对自己而言苦难的经历，逐渐摆脱了"灾难化"的非理性认知。在病房里，案主的笑容也变多了。另外，医务社工也帮助案主理解老伴长期照顾她的辛苦，难免会疲倦，引导案主能够理解和包容老伴。此个案介入达到服务目标。

六、评估与反思

癌末患者比较普遍的问题之一便是恐惧和灾难化。当得知疾病无法治愈或入住舒缓病房时，便认为是自己被判了死刑。此案例中案主的焦虑和抑郁情绪与同病房的患者相比，尤为严重。当患者得知事实时，往往会本能地出现灾难化的非理性信念，将过往一生中的美好全部推翻，只聚焦于疾病毁灭自己的这一个事实。这也说明即使接受安宁疗护，依然需要不断地做准备。因此，聚焦并转化患者的非理性信念便尤为重要。

我们无法改变黑夜，却可以在黑夜中多一双温暖的手。我们无法改变死亡，却可以陪伴患者一步一步完成最后的准备。

在我们干预的案主中,其实有很多像王阿姨一样,需要陪伴,他们的心灵深处有精神的需求,能满足他们,使他们的心灵得到慰藉,这是医务社工义不容辞的责任。

图书在版编目(CIP)数据

认真说再见:安宁病房生命故事集/上海市长宁区卫生健康工作委员会,上海市长宁区程家桥街道社区卫生服务中心编著. —上海:上海三联书店,2020.6
 ISBN 978-7-5426-7011-3

Ⅰ.①认… Ⅱ.①上…②上… Ⅲ.①故事-作品集-中国-当代 Ⅳ.①I247.81

中国版本图书馆 CIP 数据核字(2020)第 057334 号

认真说再见——安宁病房生命故事集

编　　著 / 上海市长宁区卫生健康工作委员会
　　　　　　上海市长宁区程家桥街道社区卫生服务中心

策　　划 / 上海渔山文化传播有限公司
责任编辑 / 杜　鹃
装帧设计 / 一本好书
监　　制 / 姚　军
责任校对 / 张大伟

出版发行 / 上海三联书店
　　　　　(200030)中国上海市漕溪北路 331 号 A 座 6 楼
邮购电话 / 021-22895540
印　　刷 / 上海展强印刷有限公司

版　　次 / 2020 年 6 月第 1 版
印　　次 / 2020 年 6 月第 1 次印刷
开　　本 / 640×960　1/16
字　　数 / 140 千字
印　　张 / 15.25
书　　号 / ISBN 978-7-5426-7011-3/I·1624
定　　价 / 59.00 元

敬启读者,如发现本书有印装质量问题,请与印刷厂联系 021-66366565